COLLECTION FOLIO

Jean-Patrick Manchette

# L'affaire N'Gustro

Gallimard

© Éditions Gallimard, 1971.

Jean-Patrick Manchette, né en 1942, a enseigné le français en Angleterre, s'est exercé au jazz, s'est lancé dans la traduction et a écrit des romans à partir de films ou de téléfilms. Lecteur fervent et lucide de la Série Noire, il lui envoie, en 1971, un livre écrit en collaboration avec Jean-Pierre Bastid : *Laissez bronzer les cadavres.*

Et c'est le début d'une carrière de rénovateur. Non pas imitateur doué des écrivains américains, il s'inspire cependant de leur vision de la violence, avec ses aspects politiques, et pratique une écriture à la fois sèche, rythmée et musicale.

Il est également chroniqueur de cinéma, critique de romans policiers, pratiquant de la B.D., auteur de nombreux scénarios de films, ainsi que d'une pièce inspirée par le rock, *Cache ta joie,* jouée par la Comédie de Saint-Etienne.

Parmi ses ouvrages les plus connus : *L'affaire N'Gustro* (1971), *Laissez bronzer les cadavres* avec Jean-Pierre Bastid (1971), *Ô dingos, ô châteaux!* (1972), *Nada* (1972), *L'homme au boulet rouge* avec B.J. Sussman (1972), *Morgue pleine* (1973), *Que d'os!* (1976), *Le petit bleu de la côte Ouest* (1976), *Fatale* (1977), *La position du tireur couché* (1981).

Ont été adaptés à l'écran, entre autres : *Ô dingos, ô châteaux!* (sous le titre *Folle à tuer*) par Yves Boisset, *Nada* par Claude Chabrol, *Le petit bleu de la côte Ouest* (sous le titre *Trois hommes à abattre*) par Jacques Deray, *La position du tireur couché* (sous le titre *Le choc*) par Robin Davis.

*Jugements choisis avancés à propos d'Henri Butron dans les semaines qui ont suivi son décès.*

## EDDY ALFONSINO

Je l'ai fait tourner dans un de mes courts métrages qui est allé à Hyères. J'ai pas grand-chose à dire, sauf qu'il était pas l'homme à se flinguer. Attention, je n'affirme rien. Si les flics disent qu'il s'est flingaresse, c'est pas moi qui vais parler contre. Sinon, le mec honnête. Trop confiant. Je le connaissais à peine, attention. La presse essaie de faire de moi la dernière personne à l'avoir vu en vie, c'est peut-être vrai mais je n'étais pas son meilleur ami ni rien. Faut demander ça à d'autres. Faites pas chier.

## JACQUIE GOUIN

C'était un personnage assez fascinant. Pitoyable quand il essayait de jouer les durs, mais dur quand on s'apitoyait. Une sorte de hargne congelée, à l'égard de tout, absolument tout. S'il avait été intelligent, il aurait eu quelque chose de stirnerien, si vous voyez ce que je veux dire. Mais il n'était pas intelligent.

## BEN DEBOURMANN

Butron était un sale petit chacal. Je ne m'en suis

aperçu qu'après coup, quand j'ai su quel rôle il avait joué dans l'affaire N'Gustro. C'était un vrai nazi. Un chacal. Un sale petit chacal.

## JACQUIE GOUIN

C'est le produit d'une époque et d'un milieu. J'en ai longuement parlé dans mes articles et tout est là, je crois. Hostile à toute forme d'autorité. Haineux. Terriblement haineux. C'est fastidieux, la haine.

## COMMISSAIRE GOEMOND

On voyait bien qu'il n'était pas récupérable. Il détestait tout. Et mal poli. On voyait bien que ça finirait mal. J'ai bien connu son père, je suis content qu'il n'ait pas vécu assez vieux pour voir ça. Et mythomane, en plus. Le cas Butron, c'est en fin de compte un cas pathologique.

Henri Butron est assis tout seul dans le bureau obscur. Il porte une veste d'intérieur à brandebourgs. Sa figure est pâle. Il sue lentement. Il a des lunettes noires sur les yeux et un chapeau blanc sur la tête. Devant lui, il y a un petit magnétophone, qui tourne. Butron fume de petits cigares et parle devant le magnétophone. Il trébuche sur certains mots.

La nuit est assez avancée et le silence total autour de la demeure, éloignée du port de Rouen.

Butron a terminé. Il se lisse la moustache et arrête le magnétophone. Il rembobine l'enregistrement. Il a l'intention de l'écouter. Sa propre vie le fascine.

La poignée de la porte grince. Butron bondit du fauteuil. La sueur jaillit de son front comme d'une olive pressée l'huile. La porte ne s'ouvre pas aussitôt parce que la serrure est fermée. Butron hoquette. Il n'y a aucune issue au bureau, que cette porte. Il aurait dû s'installer dans une autre pièce. Il est trop tard pour y penser. Quelqu'un envoie un coup de talon dans la porte, à la hauteur de la serrure; ça casse, c'est ouvert. Butron essaie niaisement de s'incorporer au mur opposé. Il veut y enfoncer son dos. Ses mains griffent le papier à fleurettes, ses ongles pénètrent le plâtre qu'ils éraflent, ils se cassent.

Deux hommes, pas pressés, marchent dans le bureau. Le Blanc, en manteau de cuir, jette un coup d'œil à Butron, le juge inoffensif et oblique vers le magnétophone. La bobine s'est complètement réenroulée et tourne fou, la queue de la bande fouettant l'air. Le Blanc arrête la machine. L'autre type, un Nègre qui porte une petite casquette de drap bleu marine et un imperméable genre Royal Navy, s'arrête devant Butron et sort de sa poche un automatique espagnol Astra muni d'un silencieux bricolé. Butron n'a plus le contrôle de ses fonctions naturelles. Il souille son pantalon. Le Nègre lui tire une balle qui lui perfore le cœur, ressort dans le dos, sous l'omoplate gauche, par un trou grand comme une tomate; de la chair et du sang giclent sur le mur éraflé; le cœur de Butron a éclaté. Sa tête cogne contre le mur et il rebondit en avant, et tombe sur le visage au milieu du tapis. Ses excréments continuent de sortir pendant trois ou quatre secondes après qu'il est mort.

Le Nègre ôte de l'Astra le silencieux tiède et le met dans sa poche, puis jette l'Astra par terre au pied du mur.

Le Blanc met la bobine enregistrée dans une enveloppe, colle l'enveloppe et la fourre à l'intérieur de son manteau de cuir.

Cependant le Nègre décroche le combiné téléphonique proche du magnétophone, et forme un numéro.

– Butron vient de se suicider, annonce-t-il. Vous pouvez venir.

Quelques instants plus tard, des agents de police cernent la maison. Deux policiers en imperméable et un petit homme rond, qui doit être le médecin-légiste, pénètrent dans la maison. Le Blanc et le Nègre serrent la main d'un des deux hommes en imperméable.

– Bon, dit le Blanc, eh bien, faut qu'on se sauve.

– Ciao, dit le commissaire à qui ils ont serré la main.

Les deux hommes s'en vont. Ils montent dans une Ford Mustang et ils roulent vers Paris. En chemin, sur la radio de l'auto, ils entendent *Melody For Melanie*, de Jackie Mac Lean. Le Blanc qui conduit marque la mesure sur le volant à housse de cuir et laisse échapper par intervalles de petits ricanements débiles. Cependant, le Nègre est immobile et, au bout d'un moment, il s'endort et se met à ronfler.

Il se réveille un peu après que la Mustang a quitté l'autoroute. Elle est au voisinage de Montfort l'Amaury. Elle emprunte des routes départementales. Elle accède à une villa couverte de vigne vierge et de roses trémières. Il y a de la lumière. On les attendait.

Ils pénètrent dans un bureau. Derrière une table, devant une bibliothèque fournie en belles reliures, se tient un Nègre au nez maigre et aquilin. Il a plutôt un physique de Dankali qu'un physique de Nègre. Il porte un costume italien. Il a plusieurs bagues. Il fume une Bastos. C'est le maréchal

George Clémenceau Oufiri. Les deux tueurs lui donnent la bobine dans l'enveloppe et repartent.

Le maréchal sort un petit magnétophone d'un tiroir du bureau; il place la bobine sur la machine. Il écoute et il se marre. Quand il se marre, on voit qu'il a les dents limées.

C'est commencé, ça commence en 1960 au Lycée Pierre Corneille à Rouen, où je suis en classe de philosophie, ce qui prouve que je ne suis pas tellement taré, étant donné que je suis né en décembre 1942.

Ce sont les premiers temps après la rentrée. On a pris l'habitude de rien foutre en seconde, on n'en changera plus. D'abord on traite avec un mépris total la physique et les mathématiques. Le prof de physique a été surpris à l'interclasse urinant dans un lavabo du labo; il sait que nous le savons. L'homme des maths est un vieux Corse au visage canin, avec des pilosités dures : on voit les poils blancs, raides et piquants comme des arêtes de poisson, se dresser entre les sinuosités mollasses de son visage, cuit comme un vieil élastique. Ils se fout totalement de savoir si on travaille ou pas. Le coefficient des maths est très bas au bac philo.

Les matières littéraires ne me posent aucun problème. Je lis toujours énormément. Je pourrais briller si je voulais mais je m'en fous. Je suis avachi sur ma table entre Leroy, qui joue au rugby et fréquente des professionnelles (Il vient d'attraper la chtouille; il se tâte anxieusement le prépuce par le trou de sa poche, constatant chaque fois avec angoisse qu'une sérosité perle.) et Babulique qui est très gros, d'extraction modeste, et qui sent la sueur.

Le maître de philosophie parle psychologie, réactions de la poule placée derrière un grillage en demi-cercle, au-delà duquel sont des graines; elle n'aura jamais, jamais assez de jugeotte pour contourner le grillage. Il fait doux, un soleil d'arrière-saison, Indian Summer, c'est le titre d'un morceau de Stan Getz avec Al Haig au piano; musique débile. Leroy aime le jazz west-coast, particulièrement Gerry Mulligan. Moi j'aime pas; j'aime le Hard-Bop; les Jazz Messengers, Charlie Mingus, des choses comme ça.

Ça sonne. Vretouillement de feuilles et classeurs, et on sort; l'heure suivante est de maths, je sors par la grande porte, je file au bord de la Seine, dans un bistrot pour routiers, près de la Bourse du Commerce, me taper un calva et faire un tilt. Je n'ai plus que cinq mille balles pour finir la semaine et nous sommes mercredi. Le père Butron me serre la vis. Je devrai demander des fonds supplémentaires à ma maman, cette vieille conne, sous prétexte d'une cotisation à la bibliothèque de philosophie constituée par la classe, par exemple; c'est gros et coûteux, la philosophie; c'est bon.

Je remonte la rue Jeanne d'Arc en direction de la gare. Je mate une morue qui marche devant moi avec un cul en goutte d'huile et des mèches folles. Elle doit se croire belle au second degré avec son nez bougnoul. C'est sûrement une juive sephardim.

Je connais assez bien les juifs, j'ai enfilé plusieurs juives.

Je m'arrête devant le disquaire. Ils ont reçu un Less McCann qui ne craindrait pas, mais c'est un trente centimètres et j'ai ma veste bleue, très près du corps, pas pratique. Je me regarde dans la vitrine. J'ai un rendez-vous dans quelques instants. J'ai les cheveux assez longs; je les rabats sur le côté du front. J'ai un grand front lisse et des yeux très expressifs. Nez quelconque. Ça ne m'a jamais beaucoup gêné. J'ai mon pantalon gris clair, forme cigarette, mes mocassins à boucle et une chemise bleu clair avec une cravate tricotée bordeaux, assortie aux mocassins, et des chaussettes noires. Décrit comme ça, ça semble assez incohérent, en fait, c'est pas mal. J'ai un mètre soixante-quinze avec des longues jambes, de la souplesse dans la démarche. Je regarde ma montre suisse et je vois que j'ai cinq minutes de retard donc je peux commencer à me mettre en mouvement.

Je vais jusqu'au parking devant la cathédrale, je longe les voitures assez chic et qui ne sont pas immatriculées 76, en essayant les portières. Je chope une Fiat 1100 avec un déflecteur entrouvert; jeu d'enfant que d'ouvrir; je m'installe au volant, l'air très détendu; je sors mon thermomètre et mon compte-gouttes que j'ai chauffés à mon père, ce vieux con; j'injecte le mercure dans la serrure du contact; je démarre et je mets mes lunettes noires.

Je monte la rue Jeanne d'Arc; je vérifie en passant que Lyse est en terrasse, de l'autre côté de la rue. Je fais le tour du pâté de maisons triangulaire, en haut de la rue, je passe devant la gare et je

15

reviens glisser souplement le long du trottoir. Je fais signe à Lyse. Elle se lève à moitié en gesticulant simultanément à mon adresse et à celle de l'esclave. Pendant qu'elle paie, je remarque sa copine, une petite brune en pantalon brique et pull noir, cheveux bruns courts. Elle a le cul carré, ce qui est trop rare de nos jours. Elle se tourne et me rend mon regard. Hostilité palpable dans son attitude. Je bande. Je descends de la Fiat. Mon dard, de la grosseur duquel je suis satisfait, embarrasse ma démarche, car mon pantalon gris clair est lui aussi assez près du corps. Lyse s'apprêtait à embarquer.

– On va pas vous abandonner, dis-je à sa copine.

– Vous avez une belle tête de crétin, rétorque-t-elle.

Lyse se masque immédiat, car elle se rend compte instinctivement qu'il y a quelque chose de sexuel dans une telle entrée en matière, bien qu'elle ne le perçoive pas consciemment comme moi.

Je propose à sa copine d'aller finir la journée à la mer, et elle accepte d'un air méprisant, disant qu'elle serait curieuse de m'entendre dire des conneries.

Pour la remettre à sa place, je la fais monter à l'arrière, et pendant tout le trajet jusqu'à Dieppe, je ne lui adresse même pas la parole et je roule des patins à Lyse dans les virages, me retrouvant en plein à gauche à la sortie fréquemment.

La plage où nous allons, pas loin de Dieppe, a été chantée par les poètes, mais c'était avant guerre. Après que les Allemands ont installé des rampes de lancement de V-1 pas loin, la localité a été écrasée sous les bombes, comme on dit. Les baraques en torchis se sont fait souffler vite fait, même les beaux hôtels en dur où venaient en villégiature de jeunes Anglais riches, dans le temps, en pantalon blanc, avec une raquette de tennis sous un bras et un banjo sous l'autre, c'est du moins ce qu'on raconte. Quand il y a eu la reconstruction, les bouseux ont eu droit à du ciment dépourvu de style et l'agglomération est devenue laide. De plus, les progrès sociaux et la multiplication des automobiles ont mis cette région à portée des travailleurs de la grande industrie; ce qui fait qu'en saison, ce ne sont plus les jeunes Anglais élégants qui hantent les lieux, mais des prolétaires bruyants avec leurs mômes qui chient partout. Je hais toute cette vulgarité. Je sens que j'aurais été plus à la hauteur si j'étais né dans un milieu réellement élevé, pas simplement fils de médecin.

Heureusement, là maintenant, ce sont les premiers jours d'octobre, il n'y a plus d'estivants. La plage est déserte, sur laquelle souffle un vent tiède.

– Je me fous à l'eau, annonce Lyse d'un air engageant.

Elle n'ajoute pas *qui m'aime me suive*, mais c'est l'idée générale. Je ne bouge pas. Je lui fais juste un signe avunculaire pour l'encourager. Elle se retrouve tout con. Elle ne sait plus si elle va y aller. Elle y va quand même, par orgueil, et elle commence à nager tout droit vers l'Angleterre. Elle voudrait sans doute que je m'inquiète pour elle. Loupé. Je me mets sur le coude pour détailler sa copine.

Elle s'appelle Anne Gouin. Elle a, comme j'ai dit,

le cul carré, solide, haut placé, ce qui est très bien, c'est une des choses les plus difficiles à trouver. Des seins petits, mais arrogants; je veux dire par là qu'ils sont pointus. Visage rond, petit nez, grande bouche, grands yeux bleus avec des cils pas mal. Elle a une moue méprisante tout à fait toc. J'ai enlevé ma veste et ma cravate; je déboutonne ma chemise sur mon sternum. Mon torse est glabre mais bruni.

— Pourquoi vous m'avez insulté tout à l'heure?

Elle hausse les épaules. Elle est contente de soi.

— Qu'est-ce que j'ai de particulier? dis-je. J'ai rien de particulier.

— Justement, dit-elle de plus en plus contente de soi.

— Je ne me pose pas de problèmes, dis-je mensongèrement. C'est peut-être ça qui agace les gens. La vie est absurde. Nous n'avons qu'une parcelle dérisoire du temps, au regard de l'éternité; aussi, ne nous sacrifions pour rien, aimons les bonnes choses. La nourriture, le Beaujolais.

Je fais une petite pause pour donner plus de force à mes paroles.

— Il faut jouer le jeu, prononcé-je.

— Le Beaujolais n'est pas un idéal, dit-elle.

— Il n'y a pas d'idéal, rétorqué-je, le visage dur. Dieu n'existe pas et le marxisme est une duperie.

Elle sourit d'un air ironique.

— Vous verrez, dit-elle.

— Qu'est-ce que je verrai?

— Beaucoup de gens sont comme vous à s'imaginer que l'Histoire est finie. Mais elle ne l'est pas. Voyez l'Algérie. A bref délai, c'est tout le Tiers Monde qui jettera ses maîtres à la porte. Alors, le capitalisme, privé de matières premières, connaîtra une surproduction de contradictions et une crise économique, et vous comprendrez votre douleur.

– Après moi le déluge, dis-je finement.

– Pas après vous! s'écrie-t-elle. Non! Non! De votre vivant même la France se fascise. Dans quelques années, le retour de l'armée vaincue obligera chacun au choix décisif!

– Je choisis de ne pas choisir.

Et toc, Ça, c'est envoyé...

– Pauvre con inconscient, chuchote-t-elle dans mon oreille.

Sa respiration s'est précipitée à la faveur du feu de la discussion. Je lui prends la tête dans ma paume. Nous nous regardons durement. Elle me fourre sa langue dans la bouche. Je la renverse sur les galets. On frotte. Nous sommes tout rouges. Lyse se repointe, sortant de l'eau, comprend immédiatement et demeure masquée tout le reste de la journée. De toute façon, c'est la fin, entre Lyse et moi.

Au retour, Anne monte à l'avant. Tout le long du chemin, elle a une attitude très réservée. Elle passe son temps à croiser les cuisses quand je veux lui émouvoir le minet avec mon coude. Je fais semblant de rien. Lyse pleure à l'arrière. Je les dépose où je les ai prises. Je demande rien à Anne, ni son téléphone, ni où elle va en classe, afin de la déconcerter, et tout en sachant que je la retrouverai facilement quand je voudrai; Rouen n'est pas si grand.

Je vais garer la Fiat le long de la Seine et, avant de l'abandonner, j'ouvre le coffre pas verrouillé, voir s'il n'y a rien à piquer. Un type un peu bedonnant fonce sur moi. Je saurai plus tard qu'il est le propriétaire de cette chiotte.

– Sale petit voleur! fait-il.

Il veut saisir mon col. Je me débats. Il me gifle. L'humiliation me met hors de moi. J'empoigne dans le coffre la manivelle et je l'abats de toutes mes forces sur le crâne du type. Son chapeau est écrasé. Du sang gicle sur son front rougeaud. Il titube. Je lui mets un autre coup de manivelle en travers de la gueule. Sa mâchoire est décrochée. Il tombe contre le trottoir et se fracture le crâne. Deux dockers se ruent sur moi à travers la chaussée, me tordent les bras et me maîtrisent.

(*Extrait des notes de Jacquie Gouin*)... Henri Butron est né le 8 décembre 1942 à Orléans. Son père, un médecin de trente-huit ans, issu d'une honorable famille de Touraine, travaillait le matin dans un dispensaire, et l'après-midi dans un cabinet qu'il partageait avec un autre médecin, plus âgé que lui. Sa mère était une personne effacée, plutôt laide, oisive et aimant les bêtes. La famille a mené une vie extrêmement régulière. Rien ne semble avoir prédisposé Henri Butron à la dépravation. Il est fils unique, assez gâté certes, mais le ménage Butron est uni, son standard de vie est bon, sans excès.

Le jeune Henri Butron est un enfant un peu chétif, mais sain. C'est un grand liseur de romans d'aventures. Ses maîtres le jugent un élève intelligent et discipliné, un peu terne.

A dix ans, Butron est entré comme externe dans

une institution tenue par des Jésuites, où il accomplit l'essentiel de ses études secondaires.

Fin 58, le docteur Butron achète un cabinet à Rouen, où la famille s'installe bientôt. Henri Butron entre en cours d'année en classe de seconde au Lycée Corneille. Ses professeurs le jugent d'une extrême paresse. Certains font mention de son intelligence; tous, de sa passivité. Peut-être le changement de régime disciplinaire a-t-il été néfaste à Butron. Cependant, il semble qu'à Orléans déjà, il avait « emprunté » quelques voitures, nuitamment, pour emmener en promenade sentimentale la femme d'un officier subalterne caserné en ville.

Butron passe sans difficulté la première partie de son baccalauréat, au début de l'été 1960. Il s'intéresse à la musique de jazz et essaie d'apprendre la batterie, mais il abandonne assez rapidement l'étude de l'instrument. Il semble qu'il a pris alors l'habitude de voler régulièrement des voitures, toujours pour faire des promenades, abandonnant les véhicules à peu de distance de l'endroit où il les a trouvés, et peu de temps après les avoir empruntés.

Le 3 octobre 1960, il vole l'automobile de M. Albert Ventrée, négociant à Châlons-sur-Marne, pour faire une excursion dans la région dieppoise. Au retour, fortuitement, il est surpris par M. Ventrée alors qu'il vient de garer la voiture. Des coups sont échangés. Henri Butron frappe M. Ventrée qui tentait de le ceinturer. Le négociant est atteint d'une fracture du crâne et a la mâchoire fracassée. Butron est incarcéré. Un arrangement intervient entre son père et M. Ventrée. Les autorités, qui ont de l'estime pour M. Butron père, n'y mettent pas obstacle. M. Ventrée retire sa plainte. Henri Butron s'engage dans l'armée. Après son instruction, il est envoyé à Oran dans les transmissions. Il est blessé à l'œil droit pendant un exercice et réformé.

On peut dire que c'est assez con que cet imbécile se soit fracturé le crâne. Ça rendait tout plus difficile, tout de suite. Mais je ne me plains pas. C'est le jeu. On ne peut pas gagner à tous les coups. Je ne croyais pas vraiment qu'il y aurait des conséquences. Au vrai, j'étais assez émoustillé à l'idée des réactions du père. Ce vieux schnock, son expression permanente vis-à-vis de moi, à la maison, c'était la grande déception, le souverain mépris. Il me trouvait dégénéré par rapport à lui, la tante. Là maintenant, je trouvais assez triquant de traîner bel et bien son nom dans la boue. Il serait bien emmerdé d'avoir eu raison à mon sujet.

Au commissariat, une bourrique m'a giflé parce que je me marrais nerveusement. Jamais j'ai pu supporter d'être humilié. Aussi sec je shoote aux roustons. Ils étaient six, même plus, qui me sont tombés dessus. J'ai senti une mollesse extrême et chaleureuse m'envahir. Je pouvais tout juste crier des obscénités pendant qu'ils m'avaient jeté à terre à force de douze ou vingt coups de poing en pleine gueule, un avait une chevalière qui m'ouvrit la pommette; ils me donnaient des coups de pied, à présent, comme s'ils se renvoyaient une balle. La douleur était atroce, spécialement quand ils tapaient dans le foie ou les reins. Un brodequin me fit éclater la chair de l'avant-bras mais c'est à peine si je le sentis. Ils me tirèrent les cheveux. Mes yeux s'emplirent de larmes. Je n'arrivais même plus à articuler, à cause d'une sorte de somnolence. Je ne suis pas pédé ni maso, mais je dis franchement qu'il y a de la jouissance à être manipulé brutalement par un groupe de fortes brutes, surtout quand elles vous sont inférieures intellectuellement.

Je vis plus tard le Juge, mais je ne parvenais pas à le prendre au sérieux. Je connaissais des miquettes qu'il s'était tapé. Tout respect était mort en moi.

Je vis aussi le commissaire Goémond. Lui, je le connaissais un peu du fait qu'il venait quelquefois à la maison. Il me proposa une sorte de marché. Il servait d'intermédiaire entre mon père et Ventrée. Mon père donnait de l'argent à Ventrée pour qu'il retire sa plainte. Mais comme il y avait eu une sale histoire publiquement, il valait mieux que je parte. Il m'offrit même un petit cigare hollandais et fit mine de me parler d'homme à homme. Il afficha un cynisme de commande. Il me dit sa philosophie. Le fait que la société doit fonctionner bien. Que les individus doivent coopérer. Si l'un d'eux ne coopère pas, il n'avait rien contre personnellement, lui, Goémond. Mais la société, par un automatisme logique, frappait. Heureusement que des hommes comme lui, Goémond, étaient chargés d'huiler le fonctionnement de l'automatisme logique en question. Il me présenta l'armée comme une sorte de retraite que je ferais. Retraite au sens curé du mot. J'y pourrais voir en moi-même. J'y pourrais bien garder mes convictions, ma révolte; l'essentiel était que j'apprendrais à les conserver au-dedans de moi-même tandis que je me lancerais dans le jeu social. C'est cela, la sublimation, expliqua Goémond. Il me laissa entendre que tous les hommes supérieurs agissaient ainsi en ce qui concerne leurs instincts. Un politicien, un responsable (il pensait à lui-même) ou un grand artiste étaient comme ça : lucides; décidés par lucidité à jouer le jeu. Il me dit qu'il fallait comprendre mon père, d'un tel air que je vis qu'il le tenait pour un con. Cela me mit en confiance et je ne vis pas qu'il me tenait moi aussi pour un con.

Il fit entrer le vieux Butron, qui hoqueta des choses que j'aurais trouvées intolérables, eussé-je pas été baratiné par Goémond au préalable. Au lieu de me braquer, je signai tout ce qu'on voulut. J'avais cru qu'il pouvait exister une complicité entre un flic et moi.

Je me retrouvai bientôt à Oran, dans les transmissions. Je ne vis aucun combat. Les seuls moments tendus, c'était quand on circulait dans les quartiers européens. Les pieds-noirs nous haïssaient. Ils se rendaient compte qu'on se foutait pas mal que les bougnouls les épongent. J'eus un accident vénérien, mais à peine plus emmerdant que la chtouille à Leroy. Puis, pendant un exercice de nuit, un crétin me tira un coup à blanc en pleine figure. Je me retrouvai avec des grains de poudre brûlée et des bouts de bourre qui avaient été en quelque sorte injectés derrière mon œil. Mon coefficient de vision s'effondra. En cas de fatigue, j'étais pis que borgne. Comme ma mère faisait plein d'histoires que j'allais me faire tuer tout à fait si je restais là-bas, le vieux Butron me pistonna en sens inverse et je me retrouvai réformé sur la terre de France. Pendant que je roulais dans le train entre Marseille et Paris, ma mère fut broyée par un ascenseur.

J'allai à son enterrement en arrivant. Je m'y ennuyai énormément. Je n'avais jusqu'à présent pas du tout réfléchi à quoi que ce soit, sinon au fait que Goémond, avec ses histoires de réfléchir, était une belle ordure. Mais je veux dire que je n'avais pas pris parti. Au milieu de l'enterrement, pendant un silence, j'eus une impulsion et je fis un prout avec mon trou de balle, puis je souris largement aux gens furtifs, pour qu'on comprenne bien que j'étais l'auteur. Je venais ainsi de choisir mon camp.

(*Extrait des notes de Jacquie*)... Après son retour d'Algérie, Henri Butron reste oisif pendant quelques mois. Il ne sait pas quoi faire. Il habite toujours Rouen, chez son père, qui voit d'un mauvais œil le désœuvrement de son fils.

Devant l'insistance de son père, Butron finit par retourner au lycée. Il prépare cette fois le baccalauréat de Sciences Expérimentales. Son père, en effet, souhaite qu'il fasse ultérieurement des études de pharmacie.

Au lycée, Butron jouit d'un certain prestige, à cause des incidents auxquels il a été mêlé, et de sa blessure. Il semble qu'il enjolive beaucoup ses activités en Algérie, faisant état d'actions militaires auxquelles il aurait pris part, se vantant même d'avoir procédé personnellement à des interrogatoires et des exécutions.

Ses vantardises lui valent la sympathie des milieux d'extrême-droite, au lycée et hors du lycée. Butron fait partie des groupes de jeunes nationalistes qui, dans les années 61 et 62, perturbent les meetings pacifistes et attaquent les colleurs d'affiches communistes et P.S.U.

Il entre en contact avec l'O.A.S.-métropole.

J'avais compris une chose, une autre je l'avais pas comprise.

Je savais qu'il fallait renverser l'insupportable ordre des choses; mais j'ai cru qu'il pouvait exister quelque chose comme l'idée de nation, qui soit aussi réel qu'un objet.

C'est venu assez vite et assez facilement. J'étais retourné en classe pour prolonger mon oisiveté. La mort de ma mère avait porté un sale coup à mon père, non qu'il eût tenu à la pauvre femme, mais parce qu'elle lui évoquait sa propre mort, qui n'allait pas tarder. Il semblait rapetisser. Il se tassait. Il travaillait toujours, bien qu'il fût aisé. Il n'aurait pas su quoi faire d'autre que bosser. Mes grasses matinées le révulsaient. Lui, il se levait à sept heures pour aller masser des prostates. Quand il rentrait pour déjeuner le midi, il me trouvait installé dans la cuisine; je trempais un croissant dans du café au lait. Je faisais semblant de rien et je faisais du bruit exprès, avec la pâtisserie imbibée, dans ma moustache que j'avais laissée pousser. Il hochait la tête et soupirait. J'étais dans la pénombre, volets fermés, avec mes lunettes noires. Il n'osait pas m'emmerder, avec ma vue atteinte.

Il est tout de même venu vite fait à parler de me couper les vivres, le vieux taré. Le salaud; s'il avait fallu vivre avec ce qu'il m'allouait, je serais mort. Tous les jours, je fourguais des trente centimètres, ou des bouquins anciens chouravés dans la bibliothèque. Quantité de vieux traités de médecine avec des planches montrant les nerfs, les organes, tout. Et des autographes.

Quand il m'a posé un ultimatum comme quoi je devais faire quelque chose, j'ai cédé, sachant que c'étaient pas des études qui m'empêcheraient de rien foutre. J'étais déjà certain qu'il me suffirait d'attendre patiemment mon heure pour finir par être mêlé à des choses intéressantes.

Je ris. On peut dire que j'ai gagné.

Mais bref, parlons d'alors, au lycée c'était marrant.

Les profs osaient guère s'occuper de moi, parce que j'étais toujours au fond, silencieux, avec mes lunettes noires, et ils savaient que j'avais presque tué un type. Je suis sûr que je les effrayais, à un niveau subconscient.

Le mieux, c'était autour du lycée, avec les miquettes. Le fait de Ventrée les impressionnait plus que mon temps de service. Comme ça ne m'intéressait pas de raconter tout le temps des minables histoires de vol de voitures, je roulais la caisse en ce qui concerne l'Algérie.

— Tuer n'est rien, disais-je. C'est torturer, le plus difficile.

— Tu as torturé? demandait la fille, avec ses yeux

qui brillent dans la pénombre de sa chambre à la Cité Universitaire de Mont-Saint-Aignan.

Je hausse les épaules imperceptiblement. Autrement, mon regard rendu vide par les lunettes noires reste braqué sur elle. Je suis debout au milieu de la pièce, les bras le long du corps. De la poussière flotte dans les rayons de soleil filtrant à travers les jours du store.

J'observe le buste de la fille, buste un peu gras, tassé dans un pull à côtes et à manches courtes, fin comme il s'en portait alors. Sa respiration s'est accélérée. J'observe le va-et-vient de ses seins, prévoyant exactement le moment où elle va être à point.

– Personne voulait le faire, dis-je d'une voix atone. Il fallait pourtant que quelqu'un le fasse. L'homme, certainement, ne savait rien. Mais l'interroger faisait partie du jeu. Un jeu tragique.

Le vocable *tragique* fait ses pointes de sein s'ériger. Je m'approche lentement d'elle, qui est sur le lit, sur les coudes.

– Je l'ai fait, dis-je. Je n'en suis pas fier. Ni honteux. Je me suis senti ignoble. Mais je n'étais ni honteux, ni fier de mon ignominie. Je crois que j'avais un peu peur. Non pas peur d'être puni. Mais peur à l'idée que de telles choses étaient permises, non seulement à moi, mais à l'Homme. L'Homme abandonné dans l'espace, sur ce petit globe dérisoire qu'on appelle la Terre.

En disant ces mots, je l'ai saisie délicatement à la gorge, et je la caresse sous la mâchoire inférieure avec mes pouces. Elle frémit. Je lui donne le coup de grâce.

– Lui et moi savions que sa résistance était

absurde. Lui et moi savions, qu'un peu plus tard, je l'égorgerais...

Elle ferme les yeux et aspire de l'air entre ses dents. Je m'allonge sur elle en continuant à lui manier la gorge.

Le maréchal arrête un moment le magnétophone et écrase sa Bastos. Il se lève avec une rapidité qui ne surprend pas chez un homme aussi sec. Il longe le grand bureau, passe dans le hall.

Le Nègre et le Blanc qui ont tué Butron sont repartis, mais il y a trois hommes, à demi somnolents sur des chaises, dans le hall, le chapeau mou rabattu sur les yeux, à la cow-boy paresseux. Deux ont des Sten de fabrication yougoslave et le troisième une Schmeisser. Le maréchal leur fait un sourire débonnaire et bref et enfile l'escalier courbe qui mène au premier étage de la villa.

Il entre doucement dans la chambre de Josyane. Elle dort.

C'est une petite jeune fille, presque une enfant, mais elle connaît des tas de trucs. Elle est allongée sur le ventre. Comme il fait chaud, elle s'est découverte jusqu'au milieu du dos. Elle constitue ainsi un très chaste spectacle, légèrement excitant tout de même.

Une bouteille de Fine Champagne vide est par terre à côté du lit, et Josyane ronfle légèrement. Elle a encore bu, pense George Clémenceau Oufiri, avec un rien d'agacement.

Il allume une Bastos, sur le pas de la porte. L'écoute de la bande magnétique, il y a un instant, l'a sexuellement excité. Il réagit pour rien. Il est fier de sa virilité. Mais maintenant, après avoir monté l'escalier en réfléchissant à toute sorte d'autres choses, car il a également une grande activité mentale, le petit frisson qui est à l'origine de son ascension lui a échappé. Il ne pense plus qu'aux efforts trop grands qu'il faudrait pour tirer Josyane de sa somnolence alcoolique, et à tout le travail pour la faire jouir pour de bon.

Il se contente de fumer sa Bastos sur le pas de la porte en regardant les cheveux blonds platine de l'adolescente endormie. Puis il redescend silencieusement au rez-de-chaussée.

Les trois types qui sont en protection dans le hall ont débouché un litron de Marc de Bourgogne. Le maréchal accepte un petit coup d'alcool dans un pot à moutarde. L'alcool blanc lui agace les gencives. Il n'aime vraiment que les liqueurs grasses, genre absinthe, et les vins chaudement vêtus, genre Chiroubles. Il s'attarde pourtant quelques instants auprès des trois types. Il a toujours su garder d'excellents contacts avec ses subordonnés. Il fait une plaisanterie sur les défauts des mitraillettes Sten; puis une plaisanterie sur leurs qualités. Ses hommes sont contents. Le maréchal leur adresse un petit geste avec son verre et rentre dans son bureau.

La nuit est obscure. L'aube est encore loin.

J'en remettais. Baignoire, entonnoirs, cannettes dans le derche, électrodes aux génitoires, et pour finir, toujours égorgement. Ça finissait par se savoir.

Le lycée était assez politisé, à l'époque. Il y avait d'un côté les communistes, qui ne faisaient rien mais qui étaient tout de même les plus dangereux, et les J.S.U., groupés autour d'un journaliste juif ami de Mendès France; et de l'autre côté, les nationalistes, tout aussi cons si ce n'est plus.

Je peux dire que j'ai été contacté par des inférieurs, et qu'ils n'auraient rien fait sans moi.

Non pas qu'ils aient fait grand-chose avec moi. Au début c'était juste des trucs d'après boire, quand on rentrait chez soi en bande, on écrivait à la craie sur les murs. Plus tard, on a pris des vaporisateurs à peinture. On mettait des croix celtiques et O.A.S. VEILLE, des choses comme ça.

On se châtaignait à l'occasion à la sortie du lycée, avec les gauchistes. C'était jamais très sérieux. Moi, je pouvais difficilement prendre part, crainte d'aggraver mon mal à mes yeux. Mais j'avais certaines capacités d'organisateur. Je le dis avec d'autant plus de tranquillité que je pense aujourd'hui qu'il ne sert à rien d'organiser. C'est chacun pour soi et Dieu pour personne.

Quoi qu'il en soit, j'essayais de mettre un peu d'ordre.

Je me rappelle deux, non, trois attaques qu'on a montées. Une fois c'était à la Cité, où on savait qu'elle était un repaire de trotskystes que les types de la J.S.U. hébergeaient dans leurs chambres.

La Cité Universitaire de Mont-Saint-Aignan est bâtie tout au-dessus de Rouen rive droite. On y accède par une route en lacets. Il était facile de voir monter les gauchistes. On s'est placé en embuscade à l'entrée des bâtiments, avec des guetteurs. On les a vus et entendus qui arrivaient. Je constatai avec satisfaction qu'ils étaient plus bourrés que nous. On buvait tous beaucoup. Au moment où ils sont à notre hauteur, je commande l'assaut. Nous chargeons.

On se voyait guère, dans l'obscurité. Chose imprévue, les gauchistes étaient armés de matraques en caoutchouc plombé de chez Manufrance, tandis qu'on n'avait que des triques.

Nous échangeons force coups. Je suis blessé à la jambe. Plusieurs ennemis poussent des cris de douleur. Je donne le signal de la retraite. Nous nous fondons dans la nuit, silencieux comme des chats. Ils ne furent pas près de l'oublier.

Un autre jour, c'est assez marrant, et ça prouve comme c'est pas vraiment net, tout ça; il y avait des élections partielles. On tombe sur des colleurs J.S.U. Tout de suite on leur rentre dedans, tout le monde se cogne ferme, quand soudain arrive une camionnette d'une entreprise publicitaire avec des colleurs professionnels et le député putatif U.N.R. dedans. Aussi sec on se calme avec les gauchistes, on fonce sur la camionnette, on ordonne aux colleurs de rester à l'écart du coup, on dérouille tous ensemble l'UNRman, on fout le feu au véhicule. Le Gaulliste fuit tout sanglant. Les gauchistes et nous, on aurait bien recommencé à se battre, mais voici les bourres qui arrivent; tout le monde se taille.

La troisième échauffourée, c'est comme ça que j'ai retrouvé Anne Gouin.

Chaque jour, à l'entrée du restaurant universitaire, il y avait les communistes de l'U.E.C. qui vendaient « Clarté », et les J.S.U. qui vendaient une feuille locale ronéotée intitulée « Action ».

On décide de leur donner une leçon.

Cette fois, on y va à vingt, avec du matériel, pas mal de barres de fer, et des chaînes de vélo. Les chaînes de vélo, il y a eu une époque où on en parlait dans les journaux, à propos des blousons noirs, mais peu de gens se rendent compte la façon que c'est meurtrier.

Il faut quand même bien mesurer comme c'est lourd au départ, peut-être un kilo; puis la façon qu'on l'agence : l'extrémité qui va servir de poignée est enrubannée de sparadrap, auquel on incorpore une lanière, avec une boucle qui reste à l'extérieur et qu'on passera autour du poignet pour ne pas perdre l'arme dans le feu de l'action. Donc on a une double chaîne de sept ou huit cents grammes qui pend au bout de la main; et le mieux, c'est de cingler par en dessous, au lieu de la lever dans les airs pour l'abattre – chose à quoi s'attend l'assailli. En frappant par en dessous, on chope le type généralement sous le menton, pétant la mangeoire ou l'ouvrant tout au moins. Si le gustave en veut encore, il est alors toujours temps, le bras haut levé qu'on se retrouve, de lui rabattre maintenant le machin sur la voûte crânienne, comme un joyeux bûcheron qu'on est. On ne saurait trop prôner l'usage de chaîne de vélo, c'est rien que du bon, rien que du naturel.

Bon. Assez ri. On va donc à la sortie du restau, ainsi montés.

C'est des filles, qui vendent « Clarté ». Elles sont moches, d'accord, mais on ne peut tout de même pas attaquer des femmes. Heureusement, elles nous voient venir et il y en a une qui gueule « Protection! », et il y a quatre ou cinq types du genre boutonneux qui se pointent en roulant leurs minables biscotos, plus le vendeur d'« Action » qui est tout jeune.

On fonce.

Je vois un des communards qui chope une barre de fer en travers de sa gueule. Le sang jaillit de sa bouche. Ça hurle. Une masse de gens se précipite hors du restau pour voir ce qui se passe, et comme en même temps ceux du dehors refluent vers l'intérieur, ça fait bouchon dans l'espèce de minuscule couloir d'entrée, et une poufiasse pousse un cri de suffocation tandis qu'une vaste rumeur monte du bastringue.

Une des morues de « Clarté » se met à scander : « le Fascisme ne passera pas! » d'une voix hystérique. C'est là qu'on voit que les foules sont bêtes. Ils se mettent tous à pousser dans le hall en chantant. On cogne sur le premier rang. Un vrai gâteau. J'ai repéré l'enfoirée qui a lancé le cri et, par-dessus les têtes, oublieux de ma résolution de ne pas frapper les femmes, je la chope au chignon avec ma chaîne.

J'entends le bruit du coup et le sang gicle immédiatement plein le front et la nuque de cette conne qui se renverse avec un sanglot et inonde le mec en imper blanc derrière elle. C'est fou ce que le cuir chevelu peut pisser.

Les attaqués, ils sont révoltés. « Salauds! Ordures! » ils gueulent. Je suis frappé au foie. Quelqu'un essaie de me prendre ma chaîne. Il y a un mouvement en avant et plusieurs types trébuchent sur moi, poussés par la masse, et se cassent plus ou moins la gueule en tous sens. Je suis le centre d'une grappe humaine. Je frappe et frappe encore.

Un type plus grand que moi m'attrape par les cheveux à deux mains et me cogne la tête contre le ciment. Je lui en mets un dans les couilles. Il se carapate follement. Sur ces entrefaites, Milano, un Yougoslave qui est avec nous, balance une grenade d'exercice dans le hall du restau. Ça fait un barouf considérable et des vitres dégringolent, en même temps que montent une gerbe de craie et un concert de hurlements. Un homme pleure de douleur, son ignoble. Je me ramasse et je me replie en faisant des moulinets avec ma chaîne.

Une demi-douzaine de bourriques arrivent au grand galop par le haut de la rue. On se tire par l'autre côté. Je vois Milano qui se fait plaquer par un rugbyman de l'Association Sportive Universitaire. Je donne encore un grand coup de chaîne dans les reins du héros, qui roule dans le ruisseau, position du fœtus, jet d'urine incontrôlé et hurlements perçants. On cavale.

Le bilan de l'opération est bon. Les publications gauchistes jonchent le sol. Je suis légèrement blessé et j'ai perdu mes lunettes noires. Pour autant que je voie par-dessus mon épaule, les flics se sont mis à rentrer dedans les gauchistes, qui leur jettent des chaises. C'est le bordel. Je range ma chaîne dans la 4 CV de Milano et j'adopte une démarche tranquille en rentrant ma chemise dans mon pantalon. Il est déchiré au genou, ce qui est masquant.

D'une ruelle, je vois surgir une brunette surexcitée. Je la reconnais : c'est Anne Gouin.
– Ordure! fait-elle.
Je souris sans rien dire.
– J'espère que vous avez compris, maintenant? dit-elle.

Etonnant comme chacun pense avoir donné une bonne leçon à l'autre, après de tels événements. J'ai un bref ricanement.
– Tu bois un verre?
– Tu as un sacré culot! gueule-t-elle.
– Ouais, fais-je très froidement.

Ça la démonte. Je sais comment démonter les miquettes. On descend vers la Seine pour trouver un bar. Je lui demande ce qu'elle devient. Elle dit qu'elle fait son possible pour que des salauds comme moi soient mis dans l'impossibilité de nuire par la colère des masses. Je me permets quelques ricanements justifiés. Je lui demande : A part ça? La vie sentimentale, etc? Elle me répond qu'elle prépare propédeutique et qu'elle va faire ensuite de la socio. Je crache entre mes incisives, un truc que j'ai appris à Oran d'un mec intéressant, maquereau dans le civil.

On s'assied dans un bar, elle prend une bière et

moi un gin-tonic. On reste un moment, et je la laisse me jeter des vannes. L'expérience m'a appris que l'hostilité prélude avantageusement au stupre.

Je la quitte car je dois rejoindre les autres pour faire le bilan de l'opération, et il faut que je mette un autre pantalon, celui-ci est foutu; je m'en fous, il était usé; nous prenons rendez-vous pour aller au ciné-club voir « Hiroshima mon amour ». Je me rappelle que j'espérais qu'il y aurait du cul et de la violence, avec un titre pareil. Ce soir je serai bien déçu, à ce point de vue, mais je dois reconnaître que le film est une œuvre d'art.

A la maison, pendant que je me change, Goémond se pointe. Je n'avais pas revu le commissaire depuis avant Oran. Je fais semblant de rien, je le fais entrer, je l'assois, je nous verse deux whiskys. Il n'a pas changé d'un poil, Goémond. Mais maintenant, je vois des choses nouvelles, je vois mieux sa sournoiserie, le salaud de faux-derche qu'il est. Je fais semblant de rien, j'ai mis ma paire de lunettes noires de rechange et je trinque avec lui avec un sourire énigmatique.

– Ton père n'est pas là?

Je secoue la tête.

– Tant mieux, dit-il. C'est toi que je venais voir.

– C'est gentil, dis-je en mettant une intention ironique dans mon ton.

Il ne se masque pas. Rien ne les masque, les flics. Ils ont déjà accepté d'être flics, alors ils peuvent bien accepter tout le reste, après ça. Sauf ceux qui ont fait de la résistance, ils supportent pas qu'on leur crie Gestapo ou S.S., je m'en suis aperçu quand je suis aussi allé à des manifs de gauche.

- Vois-tu, dit-il, je suis persuadé que tu as changé. Quelques mois d'armée t'on fait un certain bien.

- Mon œil, fais-je.

Ce qui est d'un humour noir assez cinglant.

- Tu as compris certaines choses, dit le commissaire. Alors ne joue pas le mauvais cheval.

- Je ne comprends pas ce que vous voulez dire, fais-je en allumant un cigare sans lui en offrir.

- Je te dis de pas faire le con, dit Goémond. Si tu crois que nous ne sommes pas au courant de vos petites plaisanteries. Tant que ça reste des chahuts d'étudiants, ça va. Mais attention de pas aller plus loin. Ne t'approche pas de Milano. C'est un furieux.

- J'aime assez les furieux, dis-je d'un ton mordant.

- Fais donc pas l'idiot. L'O.A.S. va l'avoir dans l'os. De Gaulle va faire la paix en Algérie et l'O.A.S. y pourra rien. D'ailleurs ce n'est pas un mouvement sérieux, c'est plein de Vendéens.

- Comme ça, fais-je, vous êtes un flic républicain.

- Butron, dit-il, je t'aurai prévenu. Ce que tu fais est sympathique, mais con. Vous faites le lit de l'anarchie. Ils ont déjà tué un commissaire, à Alger. C'est pas très malin.

- Vous avez peur qu'il s'en tue aussi à Rouen? je fais en me marrant d'une manière insultante.

Il s'en va sans finir son verre, et moi, je vais retrouver les copains qui m'attendent depuis un bon moment. Ils sont plutôt amochés et cradingues, et il n'y a qu'à Milano, qui a vraiment l'air d'une brute, que ça va bien. C'est là que je jouis de ma propre habileté d'être passé à la maison me changer, parce que j'ai l'air beaucoup plus frais qu'eux et ça me donne automatiquement un certain ascendant, avec mon pantalon de tergal, mon pull blanc à col roulé et ma veste de cuir très souple.

Mon visage est marbré de coups, comme on dit, mais avec les lunettes noires, ça n'a plus rien de rigolo.

On boit pendant une heure ou deux tandis que les types se congratulent et racontent la bagarre chacun de son point de vue. Ils s'en vont l'un après l'autre, et j'attends de rester seul avec Milano. Il semble l'avoir compris.

A cause d'un des mecs qui s'incruste, maniaque du billard électrique, on change de bar, Milano et moi. On va chez un pied-noir fraîchement arrivé qui tient un boui-boui. On se tape des anisettes.

– Ils y viendront, dis-je.
– Quoi? dit Milano.
– Les copains, je dis, ils viendront à du sérieux. Mais il faut d'abord qu'ils se réchauffent sur des petits coups comme aujourd'hui. Plus tard, on pourra les mettre sur des vrais boulots.
– Quels vrais boulots? fait-il, soupçonneux.
– Me la fais pas, dis-je. J'ai des informations.

Il est impressionné.

– Tu as des contacts, dit-il.
– Comme ça, je dis. Je suis coupé de mes bases, en ce moment.
– Tu cherches des contacts?

Je souffle par le nez et je hausse les épaules. Je le laisse venir.

– Je cherche de l'action, dis-je.
– Je peux avoir des grenades.

– Comme ce matin?
– Des offensives.
– C'est mieux.
– Le problème, c'est l'objectif.
– Pourquoi pas ici? je dis, montrant le débit où nous sommes. Le salaud de loufiat a déménagé d'Alger, malgré les ordres de l'O.A.S. On peut lui foutre son commerce en l'air.

Milano me regarde. Il comprend que je ne plaisante pas. Je lis dans ses yeux l'estime. Il a des yeux bleus, une gueule fracassée, des cheveux jaunes frisés. Milano, c'est une abréviation pour Milanivitch ou un nom comme ça, un nom de fusil. On se mesure.

– Laissons le loufiat tranquille, dit-il enfin. On prendra des dispositions pour le faire raquer. Attaquons-nous à l'ennemi principal, les marxistes-gaullistes.

– O.K., dis-je sobrement.

– Je peux te faire rencontrer des mecs, dit-il. On va monter une opération, avec du vrai matériel. Tu es libre le soir?

– Pas ce soir. Corvée de glandes, dis-je virilement.

On se marre.

– De toute façon, ce sera pas ce soir, il dit. Je te ferai signe.

On quitte le bistrot par des itinéraires différents, à quelques minutes d'intervalle. L'heure de bouffer est presque passée. Je m'arrête dans un autre bar manger un sandwich saucisson-beurre, puis je vais chercher Anne Gouin et on va au ciné-club.

Au début comme j'ai dit, je suis assez déçu par le film, très littéraire et esthétisant. Mais au bout d'un certain temps, je pénètre l'œuvre et je suis sensible au lyrisme d'Alain Resnais. En même temps, j'ai mis ma main sous la jupe d'Anne. Elle se défend mollement. Pendant les flashes-back, à peu près vers le moment où la mère Riva est dans une cave, tondue, je commence à besogner sérieusement avec mes doigts. J'aime bien la fin où chacun est laissé libre de conclure. Ensuite, je raccompagne Anne chez elle.

J'ai vaguement compris qu'elle est seule chez elle ce soir parce que son père ne vit plus depuis longtemps avec sa mère, et que sa mère est à Paris pour un jour ou deux. J'affole Anne de mes baisers et de mes mains qui courent partout sur son corps. Elle n'a plus sa tête à elle. On entre et on se retrouve dans la chambre d'Anne, décorée de pochettes de disques et de photographies de leaders révolutionnaires. Je trouve du whisky dans le salon et je la fais boire quelques coups pour achever de l'affoler.

– Non je t'en prie, hoquette-t-elle. Je te méprise trop et je me mépriserais aussi.

Je ricane sobrement, je la trousse et je l'enfile.

Il y a eu des hauts et des bas, mais c'est devenu une habitude, les jours suivants.

Entre-temps, Milano me fait rencontrer à l'aube, dans un minicar Volkswagen garé dans un chemin creux, des types de l'Armée Secrète, un officier et un breton avec des passe-montagnes. Ils nous donnent des brochures interdites et trois grenades. Notre objectif nous est assigné : faire régner un climat de terreur dans la Basse-Seine pour tenir en échec les nervis de la police gaulliste.

La nuit suivante, on vole une Ondine vers la

place du marché. Je suis au volant, impassible. Milano est à l'arrière et on a viré la capote. On passe à toute vitesse dans la rue Jeanne-d'Arc où il y a l'Association pour le Soutien au général de Gaulle, et Milano lance les trois grenades. Deux d'entre elles n'explosent pas, mais la troisième produit une explosion formidable. La pancarte bleue de l'Association dégringole. Je fonce vers la gare. On abandonne l'Ondine et on retrouve les copains dans un bar.

Le lendemain, à la fin du cours de Sciences Naturelles, on est plusieurs à être appelés chez le Proviseur. Je fais semblant de rien, je sors du lycée. Le soir, je ne couche pas chez moi. Quelqu'un nous a vendus, c'est sûr.

Le maréchal arrête la bande magnétique parce que le téléphone sonne. Il décroche. Il écoute en remuant entre ses lèvres une Bastos. Il retarde le moment de l'allumer. Il n'a déjà que trop fumé. Sa gorge est un peu sèche. Il a une petite toux brève.

– Bon, dit-il dans le téléphone. Dites-lui d'aller se faire foutre, s'il rappelle.

Il regarde sa montre.

– Je quitte la France dans la matinée. Qu'il se plaigne au pape.

Il ricane, écoute encore quelques instants, puis raccroche. La chair noire entre ses sourcils se plisse. Il va peut-être y avoir un incident. Oufiri s'en fout. Le palais sera obligé de le soutenir. L'état-major de l'armée ne tolérerait pas qu'on lui fasse des ennuis. Le pli s'efface. La chair noire redevient lisse. Oufiri se verse un anis et le boit sans eau. Il se décide à allumer sa Bastos. L'idée d'une crise de régime le fait mollement bander. En mettant les choses au pire, si le palais veut engager l'épreuve de force, Oufiri s'emparera du palais. Les Américains le soutiendront. Il aimerait mieux que les choses n'en viennent pas là. Cet ancien caporal de l'armée française a le goût de l'obéissance, quand l'obéissance ne contrarie pas ses désirs. Il ne se voit pas dictateur. C'est trop de tracas.

La Bastos au coin de la bouche, il sourit dans l'ombre, découvrant ses dents limées, et deux couronnes d'or. L'idée d'Henri Butron, ce misérable petit con, l'amuse.

Il est trop tard pour dormir. Il n'a pas le courage d'éveiller Josyane et de besogner. Il bâille et remet le magnétophone en marche. Il se déplace de long en large dans la pièce, et jette dans l'âtre les cendres de sa cigarette. Il écoute à peine ce que dit le magnétophone.

Je suis couché avec Anne. Cette petite salope doit se foutre à poil subrepticement dans son jardin de temps à autre, nonobstant les voisins, car elle est dorée où elle devrait pas.

Le sentiment d'être traqué redouble ma puissance virile. Je la baise sept fois entre sept heures du soir et cinq heures du matin. On s'arrête de se fourrer que pour faire cuire des saucisses et boire de la bière.

Comme des patates, on a omis de fermer la porte d'entrée. Aussi, un peu après cinq heures de l'aube, les bourriques font-elles irruption en plein dans la chambre, au centre de quoi j'écartèle Anne et lui flanque des coups de boutoir en dérapant dans les flaques de transpiration.

Les vaches rient et plaisantent obscènement cependant que je me désenchevêtre vite fait. L'humiliation me rend fou. Ils ignorent que je suis passé chez Milano pour me munir. Je fonce. L'abus des étreintes a dû m'envaper, car je passe comme un boulet entre les cognes, je fais irruption dans le jardin, complètement à poil avec mes lunettes noires, et le flingue à Milano à la main, un

7,65 mm de Manufrance. Le flingue aux dents, j'essaie d'escalader les grilles, comme une chatte. J'entends Anne hurler. Des bourres déboulent à travers les massifs malingres. Je retombe, m'écorchant le coude. Je me retourne et fais feu à quatre reprises en fermant les yeux, sans toucher quiconque. Les bourriques m'empoignent, me désarment. Je sens du mal quand un cogne me casse le poignet sur son genou. Les autres me foutent des coups de talon sur la figure et les parties génitales. Mon nez se brise. Du sang m'envahit. Je ressens horriblement un coup de botte en plein du côté de chez Swann et je m'évanouis dans l'angoisse d'être châtré.

J'en prends pour dix ans. Il ne faut jamais faire mine de tirer sur la police. Je suis gracié en 1965. Mon père vient de mourir.


(*Extrait des notes de Jacquie*)... Henri Butron projette plusieurs attentats contre des sièges de partis de gauche et diverses organisations. Un seul de ces projets se concrétise. Aidé par un réfugié yougoslave, personnage assez trouble qui semble avoir renseigné la police, il lance une grenade devant le siège de l'Association pour le Soutien au général de Gaulle.

Deux jours plus tard, il est arrêté. Il tente de résister et fait usage d'une arme pour couvrir sa fuite. Il est rattrapé. Sa tentative de résistance aggrave son cas. Il est condamné à dix ans de prison.

Butron est très laconique sur ses années de prison. Il semble avoir méprisé les condamnés de droit commun.

Il est gracié en 1965 et rentre à Rouen.

Son père est mort peu de temps auparavant.

Butron hérite. Il s'installe dans une nouvelle vie.

*(Ici se terminent les notes de Jacquie.)*

Je suis allé voir enterrer mon père pour une seule raison : il fallait que je fasse bonne impression; les directeurs de prison se méfient des détenus dépourvus de piété filiale.

Donc je suis allé au cimetière pour l'inhumation du vieillard.

Là maintenant, je me rattrape un peu. Je prends l'étui où sont couchés les rasoirs marqués Monday, Tuesday, Wednesday, etc... et je brise les lames une par une. Je les jette par terre dans la salle de bains. Je me rase avec un machin électrique. Je fume en me rasant, bien avant le petit déjeuner; je ne cesse de me regarder dans les miroirs. Je sais que j'ai une sale gueule.

Je jette par terre les pots et les tubes de remèdes de mon père. Je les écrase doucement avec mon talon. La taule est dégueulasse. Mon vieux était pas soigné. Je casse le séchoir en fil de fer, au dessus de la baignoire, où il accrochait ses caleçons. J'en fais un magma. Je le jette dans la baignoire. Je descends au rez-de-chaussée en tenant ma cigarette entre le pouce et l'index, ce qui me permet de siffloter *Satin Doll*.

Dans le hall, les clés ne sont pas sur le petit meuble Henri II. Je tape dans les serrures des portes à coups de talon. Le meuble se pète. Je jette sur la moquette du hall des vieux papiers, des morceaux de tissu, des vieilles pipes.

D'un coup de pied j'envoie rouler contre la porte d'entrée le porte-parapluies décoré en cuivre. Les pébroques se répandent. Je ricane et passe dans la cuisine où je me fais un Nescafé.

Je suis dévoré par l'idée de chier partout sur les tapis.

Je me maîtrise.

Je bois mon café.

Je rajuste ma robe de chambre, toujours la même vieille saloperie écossaise. Dès demain j'en achèterai une autre. On sonne. Je vais ouvrir, le faciès rogue, la sèche au coin de la gueule.

Le commissaire Goémond est sur le paillasson. Il me regarde d'un air malin, attendant que j'ouvre largement la porte. Je reste à obstruer la brève embrasure.

– Je suis venu en voisin, il dit.
– Diarrhée, dis-je. Merderie. Policier. Mal blanc. Chiotte. Goguenot. Salope. Trouduc.

Il comprend que je lui suis plutôt hostile. Le sang quitte doucement son visage. Je lui dis d'autres injures, paisiblement, des mots de plus en plus ignobles.

– Je te comprends, va, fait-il, l'œil sévère et triste, et faisant un pas en avant.

Je lui envoie le battant dans la gueule. Je tire les verrous. Je tremble horriblement. Je désire le tuer. Je vais me faire un autre Nescafé. Je continue à dire des mots immondes dans la cuisine, seul.

Pour apaiser mes nerfs, je mets de beaux habits. Une chemise de soie avec des poignets mousquetaire, un pantalon gris infroissable, une veste prune, une cravate très simple, en laine jaune avec des petites raies vertes. J'ai mes lunettes noires. Je lisse ma moustache. Je me mets un petit chapeau de feutre gris, assorti à mon pantalon. L'effet n'est pas mal du tout.

Je sors. Je suis l'héritier d'une somme agréable. Dans deux ou trois ans, il faudra que j'aie trouvé quelque chose à faire, mais d'ici là je n'ai pas à me gêner. Je fais le tour de Rouen, je vais voir les copains, histoire de m'équiper un peu.

Beaucoup des amis ont disparu ou se sont tassés. Je retrouve Babulique. Il a beaucoup maigri. Il a abandonné ses études. Il travaille dans un garage. Il est heureux que je lui demande conseil. J'achète une Ondine. Le moulin est fatigué, mais la carrosserie blanche impressionne encore. Je roule et je fais des emplettes.

Progressivement, un sentiment d'inutilité m'envahit.

Pendant plusieurs jours, je reste cloîtré qu'à boire de la bière et à fumer mes cigares. Je fais du feu dans la cheminée, que le vieillard avait fermée avec une tôle et dont on ne se servait jamais. Je brûle les vieilles photos, les vieilles lettres, les registres et les fiches de mon père. J'en lis certaines avant de les brûler. Vue sous l'angle médical, la vie quotidienne est parfois abyssale, si vous voyez ce que je veux dire. Il y a la fiche du type qui est venu un dimanche matin, bien sapé et tout, le petit vieux, pour qu'on lui ôte un plumier du rectum; prétendant qu'il s'était assis dessus par mégarde, puis finalement confessant ses perversions à gros sanglots, tandis que personne lui demandait rien, et suppliant qu'on tire l'objet de là aussi vite que possible, que sa femme et sa fille ne puissent deviner, qu'on l'extirpe dans la demi-heure, pendant qu'elles étaient à la messe. Et l'autre qui a été arrêté, un vrai pervers de carrière, celui-là; je lis toute sa confession; a commencé dès le collège : « Je sers de femme à mes condisciples et j'avale toutes leurs déjections », est-il noté; devenu soupeur; puis très maso; à l'âge de trente ans, se fait ligaturer les vaisseaux qui pompent le sang dans le pénis, car ériger ne l'intéresse plus; son grand plaisir au temps qu'on l'arrête, c'est de se faire accrocher à un croc de boucher, sous l'omoplate, et qu'on lui manipule les parties, où il a planté à demeure une myriade d'aiguilles de phono; je n'invente rien, il y eu des communications à son propos dans des revues médicales, ça doit pouvoir se retrouver. De toute façon, quelle importance? Au feu tout ça, avant le reste. Je touille les cendres avec la canne du père.

La neurasthénie, c'est rien dont on ne puisse guérir en tirant un coup. Je vais chez Anne, au flan, ignorant si elle réside encore ici.

Je ne sonne pas. Il y a des entrées qui doivent être fracassantes. Je tourne le bouton et j'enfile le hall de chez Anne, droit vers sa chambre, le cigare aux dents. J'ouvre sa porte. La chambre est toujours sa chambre, si j'en juge par la grande photo de Lénine sur le mur, mais Anne n'y est pas.

– Qu'est-ce que c'est? fait une voix dans le genre meringué.

Je me retourne sans hâte. Je mate la femme qui a

surgi sur mes arrières, femme de trente-cinq ans ou un peu plus, mais bien, jupe courte, pull blanc à col roulé. Cheveux courts comme Anne, mais mieux arrangée. Petite bouche, mais avide. Elle sait vivre.

– Je cherche Anne, je lui dis en lui regardant les seins.

Elle sourit et se mordille la lèvre, une habitude excitante. Soudain, la lumière semble se faire dans son esprit.

– Ma parole! Vous êtes Henri Butron!
Je hoche.
– Terrible, commente-t-elle.

Elle s'agace le pouce avec les quenottes et oscille d'un pied sur l'autre comme une môme. Je tire sur mon cigare sans piper. Pour finir, elle marche sur moi d'un pas décidé et tend sa main si brusquement que son bras semble gicler hors d'elle-même.

– Je suis Jacquie, sa mère, dit-elle en empoignant ma pogne virilement et en secouant un bon coup.
– Vous êtes bien conservée.

Elle me regarde, genre Pouilleux écrase ta bulle, mais j'ai vu le plaisir glisser furtivement dans ses yeux de biche, sous les espèces d'une petite lumière dorée vite évanouie. Je souris d'un air niais.

– Anne est absente pour le week-end, dit-elle.
Un temps.
– J'étais en train de faire du café. Vous en prenez?

Je hoche et on s'installe. Il y a des fauteuils modernes en tube de métal recouvert de toile, des oripeaux africains, une table basse en verre massif, un service à café en grès; une quantité de livres.

Ça se goupille assez étrangement, notre entrevue.

Jacquie me pose des questions comme un sondeur psychosociologiste, et je réponds comme un sondé. En même temps, je découvre des choses sur moi-même.

– Pourquoi avez-vous tiré sur les flics?
– Pour tuer.
– Pourquoi les avez-vous ratés?

Là, je mesure mes peurs inconscientes.

– Qu'est-ce que vous allez faire?
– Rien. Je ne vais rien faire.
– Jusqu'à quand?
– Toujours. Je ne ferai jamais rien. J'épongerai les gustaves.
– C'est-à-dire?
– Je piquerai le fric où il se trouve : Dans le portefeuille des salopes. Mais pas à main armée, je le piquerai. Avec faconde.
– Escroc?
– Pas exactement. J'en donnerai pour leur argent.
– J'aimerais vous connaître mieux, fait-elle.
– Moi aussi, je dis en matant ses jambes, qui sont bien pour l'âge qu'elle doit avoir.

Elle est balancée comme une miquette, mais on sent de l'expérience au dedans. Elle est une vraie femme.

Elle se lève, la salope, arrangeant sa jupe à petites tapes précises sur les cuisses, sourire en coin, œil vicelard.

– Eh bien, je suis contente d'avoir fait votre connaissance.

Tout ça.

Connerie, tout connerie; j'ose pas la frôler en sortant.

- Je repasserai, dis-je.
- C'est ça.

L'ironique vieille salope!

Mais je l'ai bel et bien possédée, plus tard. Je l'ai fait crier.

George Clémenceau Oufiri n'écoute que d'une oreille depuis un instant ou deux. Une Bentley a pénétré dans le jardin de la villa. Les phares balaient le store derrière lequel se tient le maréchal. Raies noires sur sa peau noire. La Bentley stoppe. Claquement de portières. Plusieurs personnes piétinent le gravier. Le maréchal jette un coup d'œil entre deux lames du store, sans les écarter, on ne sait jamais. Un des hommes en protection est silhouetté par les phares. Il contrôle l'arrivant. La lumière met un halo à sa Schmeisser. Au même instant, les phares s'éteignent.

Peu après, des pas résonnent dans le hall. Le maréchal entrouvre la porte, jette un coup d'œil. Rassuré, il ouvre en grand. Le colonel Jumbo, en civil, costume anglais très correct, vient vers lui. On se serre la main. Le colonel Jumbo a une trogne qui serait lunaire si la lune était noire. Il rit de toutes ses dents, qui sont limées comme celles du maréchal.

– Quel bordel, non mais, quel bordel, dit-il tout en entrant dans le bureau.

Il jette nerveusement son veston sur le canapé pendant que le maréchal ferme la porte.

— Depuis le milieu de la nuit dernière, dit-il, il n'arrête pas de téléphoner pour qu'on rende le colis.

Il rigole. Oufiri se marre de même.

— On prend un avion dans la matinée, dit le maréchal.

Jumbo regarde sa montre. Il fait la moue.

— Tard pour dormir. Tu n'as pas un boudin blanc?

Oufiri est démonté. Il ne pense jamais que ses subordonnés peuvent être sujets à des désirs charnels. Il a un geste navré.

— Josyane est pas là? fait le colonel Jumbo.

Le teint d'Oufiri devient grisâtre :

— Si. Pourquoi?

Sa voix est hérisée. Jumbo ricane et sourit :

— Chasse gardée jusqu'au bout, hein? dit-il.

— Y a pas de bout, dit Oufiri. Je l'embarque avec nous au pays.

— Con. Ta femme, dit Jumbo.

— Personne n'en saura rien, dit le maréchal. Et d'abord, ta gueule.

— Une poufiasse blanche, dit le colonel. C'est bon pour moi. Tu peux plus te permettre, grand personnage.

Oufiri lui tourne le dos.

— Laisse-moi l'enfiler rien qu'un coup, supplie Jumbo qui est le chef des services secrets.

Oufiri se retourne et hurle un mot obscène. Jumbo devient aussi gris qu'Oufiri.

— Salope corrompue! Défense de me tutoyer!

hurle Oufiri en frappant son subordonné sur la bouche.

Jumbo heurte la table. Du sang coule de sa lèvre fendue.

– Pauvre être! Toute l'équipe de protection l'a tringlée! Y a que le train qu'est pas passé dessus!

– Mensonge.

Ils s'empoignent par les revers, roulent sur le tapis et se martèlent les côtes à coups de poing en soufflant comme des phoques. Au bout d'un moment, ils se relèvent meurtris et hors d'haleine.

– Je pourrais te destituer, suppose Oufiri.

Jumbo ricane. Il a de quoi bousiller le maréchal, dans ses dossiers. Ils se calment tous les deux. Jumbo jette au magnétophone un regard vague.

– La confession de Butron, explique Oufiri.

– Celui-là, dit Jumbo, quel con de Blanc.

Oufiri hausse les épaules.

– A propos de colis, fait Jumbo. Où il est?

Oufiri le foudroie du regard.

– Bon, dit le colonel.

– Dans la cave.

– Quel état?

– Négatif.

– L'homme, dit le colonel Jumbo qui a étudié Hegel quand il allait à la Sorbonne; l'être négatif qui *est* uniquement dans la mesure où il détruit l'être.

Les Nègres éclatent de rire sans raison et se versent à boire.

Un moment j'avais cru qu'il pouvait exister quelque chose comme l'idée de Nation qui soit aussi réel qu'un objet, mais j'avais tort. J'avais pas bien regardé cette petite fourmilière puante qu'est la Terre. Il y a des frontières, certes, mais elles ne servent qu'à faire gagner de l'argent aux dirigeants, parce qu'ils s'opposent toujours entre eux pour rire, et ils opposent l'intérieur et l'extérieur, et l'extérieur, c'est le Mal; ils induisent donc tout le monde de l'intérieur à s'unir derrière eux contre le Mal. C'est comme ça qu'ils restent au pouvoir, les bœufs.

La dernière chose qu'il me restait à comprendre pour être un homme libre, je la comprends à cette époque; c'est que les idées ne sont pas réelles. C'est comme les romans. Il n'y a que le Sexe et l'Argent qui sont réels. Et même, avec l'Argent, on a le Sexe, tant qu'on est jeune. Donc, tant qu'on est jeune, et je suis jeune, il n'y a que l'Argent qui est réel.

Délivré de mes fallacieuses convictions antérieures, je n'ai aucun scrupule à accepter lorsque Jacquie Gouin me téléphone pour me faire part d'une proposition d'article dans « Le Nouvel Informateur », un hebdo de gauche où elle est journaliste. Elle voudrait qu'on fasse un texte ensemble dedans, racontant l'histoire de ma jeunesse, parce qu'elle juge que c'est un témoignage sur une époque; je suis assez d'accord. On partagerait fifty-fifty. Je causerais et elle mettrait en forme. Elle tient déjà le titre : « Le Retour du Petit Soldat ». Ça l'emballe. Il faudra qu'on charge un peu, question de mes états de service, que ce soit l'Algérie ou les délits précédents, les activités terroristes ultérieures. Je dis pas non. Je dis d'accord, à partir du moment où ça rapporte. Je peux pas dire à présent en toute franchise qu'un plan à long terme pour forger mon propre personnage a d'ores et déjà éclos dans mon cerveau, mais je suis sûr que c'est déjà ça qui me guide inconsciemment. Je crois à l'inconscient.

On commence d'avoir des séances de travail. J'aime l'appartement de Jacquie. Il y a des meubles modernes et des vieilles choses campagnardes mélangées. C'est harmonieux. C'est pas comme chez moi, tout Henri II et compagnie, avec des patins. Là, il y a des trucs exotiques, et tout s'intègre. Vous avez un lézard des sables empaillé, cadeau d'un fellhaga, il semble se trouver comme chez lui, posé sur le couvercle d'un moulin normand à grains, lequel révèle, si on l'ouvre, des livres de Léon Trotsky, reliés en veau. Et il y a beaucoup de bon café.

Les livres aussi sont pas pareils. Toute mon enfance dans les traités d'anatomie, les Balzac et les Troyat. Les Balzac, d'ailleurs, ils les lisaient pas.

Ici, des romans modernes, Robbe-Grillet, des choses comme ça. Assez emmerdantes, d'ailleurs. Mais surtout des vrais textes sur des vraies choses, de la sociologie, des statistiques, Levi-Strauss, Jakobson, Paul Ricœur, René Dumont, Castro, etc.... Des faits, quoi, sur la vie réelle. Chez Lévi-Strauss, par exemple, quand il explique que des tribus indiennes étaient tellement sous-alimentées que les mecs pouvaient plus arquer, et par conséquent, quand l'explorateur se pointe, les petites Indiennes s'amènent avec toutes sortes de grâces et de caresses, frustrées qu'elles sont et désireuses de se faire fourrer, ça, ça ne s'invente pas, c'est la vie toute crue, c'est réel. J'aurais aimé être explorateur.

Jacquie, au début, elle adopte le genre « supérieur ». C'est sa façon de croire en soi-même. Elle essaie que je sois d'accord avec elle, et respectueux. Elle essaie de me dicter presque ce que je raconte, et de faire mine qu'elle me comprend mieux que je me comprends moi-même. Des fois elle s'arrête de noter, alors que je parle et qu'il est manifeste que ce que je dis est important. Sans quoi, je ne le dirais pas, cette bonne blague!

Dans ces cas-là, je n'hésite pas, je m'arrête de parler et je la regarde comme si j'attendais. Elle est bien forcée de se remettre au travail. Ainsi, je l'oblige à mettre dans son texte même ce qu'elle voudrait pas mettre.

Je comprends parfaitement son jeu. Elle veut me persuader que c'est elle le patron. Eh bien, on est deux à jouer ce jeu-là. Et j'ai plus de résistance qu'elle.

En plus, le fait qu'elle note ce dont je cause, ça introduit une structure de subordination d'elle à moi, dans nos rapports. Sans forcer, progressivement, je la fais plier.

La première fois où on travaille ensemble, j'ai été très neutre.

Comme ça, la deuxième fois, elle est assez désarçonnée quand je fais des allusions à son corps et à sa personne.

Je prends pas de gants particulièrement. L'expérience m'a appris qu'avec les intellectuelles, tout le préliminaire se passe au niveau du ciboulot et du langage. Vous frayez avec une intellectuelle ? Inutile de lui mettre la main au panier. Elle sautera en l'air. Ce qu'il faut, c'est observer un temps de silence, sans la toucher ni rien, à trois mètres de distance, c'est la bonne distance, puis lui demander absolument sans bouger, ni rien, quelque chose d'assez précis sexuellement parlant, mais qui reste très intellectuel.

Moi mon truc, c'est de demander soudain si j'inspire de la répulsion ou du désir. Car, dans l'un et l'autre cas, affirmé-je, ça risque de perturber nos rapports.

– Il n'y a rien de ce genre, dit Jacquie en allumant un tronc pour se donner une contenance.

Je la regarde longuement. Savoir jouer avec le silence.

– Ce serait d'ailleurs la même chose, je dis. Derrière la répulsion, il y a le désir. Derrière le désir, il y a la répulsion.

Là, je vois que j'ai fait mouche, mais je fais semblant de rien. Elle tire sur sa cigarette et elle a un petit rire, mais qui sonne faux.

– Remettons-nous au travail, dit-elle.

Je ne la laisse pas s'en tirer comme ça.

– Il faut que ce travail soit bon, dis-je. Et il ne le

sera pas s'il est obéré par des mouvements inconscients de l'âme.

Ame mon cheval. La réalité, c'est que j'ai le braquemard érigé.

Elle secoue la tête en tous sens, arrange sa permanente et laisse échapper un petit rire flûté, complètement artificiel. Je la tiens.

Toujours, l'idée de déflorer les femmes à partir de l'intellect m'excitera. C'est bien différent de la sexualité simple. Nécessairement, fraîchement sorti de taule, il a fallu que je décharge mon paquet vite fait. J'ai pris une petite habitude dans un bar pour routiers sur les quais. La serveuse est dodue et vicelarde. Elle me bouscule et me pince, c'est son caractère; et me vide mon portefeuille. Suffit de le savoir, je ne le garnis que du strict nécessaire pour la satisfaire sans me ruiner. Je ne crains pas d'être pour elle le bœuf à qui l'on fait les poches. Ça m'excite plutôt. Elle n'est rien qu'une truie pour moi, un soulagement.

Le soulagement, ça vous conserve au même point. Ce que je veux c'est progresser, c'est la conquête. Surtout je dois dire vu qu'elle se croit, Jacquie. Intellectuelle et tout. Je hais. C'est pourquoi, roulant mon cigare entre mes dents, je déclare :

– Assez ri. Tu sais ce dont je cause.

La bougresse ne feint même pas l'ignorance. L'expression qu'elle prend est de commisération. Mes précieux fluides naturels ne font qu'un tour.

– J'ai jamais toléré, souligné-je, ce genre de regard de la part d'une poufiasse, d'autant qu'elle voterait pour la république.

— Je ne vote pas pour la république, ose-t-elle rétorquer.

— Peu importe, je dis. Tout n'est qu'une question de force. De rapport de force. Y compris entre nous. Tu le perçois?

Elle bâille. Je pourrais la tuer sur place. Mais j'ai mieux.

— Il ne s'écrira pas la queue d'un article, dis-je assez froidement, que nous n'ayons baisé sur ce tapis-là que je montre.

(Comme je dis, je désigne.)

— Ah! ah! ah! fait-elle d'un ton forcé.

Et je la vois rassemblant ses idées pour quelque cinglante réplique, mais je ne lui laisse pas le temps, je me lève, remontant mon fendard, et me dirige vers la porte, ce qui la désarçonne.

— Sur ce tapis-là, j'insiste en le martelant du talon, mais la prochaine fois. Je suis fatigué à présent. Je me tire. Je vais me promener. Remue-donc un peu ça dans ta petite tête pleine d'eau.

Aussitôt je sors de chez elle avec mon cigare entre les dents. Je descends vers le port. Il y a des collégiens dans les cafés de la rue Jeanne d'Arc. Ils me rappellent il y a pas longtemps. C'est bien loin.

Peut-être est-ce aujourd'hui seulement que toutes ces choses me paraissent rapprochées les unes des autres dans le temps, car j'ai fait du chemin depuis, et parce que je suis en danger, j'aurais dû prendre l'arme qu'Eddy me proposait.

– Il est heureux qu'il ne l'ait pas prise, dit le colonel Jumbo.

– De toute façon, dit Oufiri, il était foutu.

– Il aurait pu faire du dégât, dit Jumbo. Faire que l'incident public soit inévitable. Les choses, alors, auraient tourné autrement.

– Non, dit Oufiri. Elles auraient été étouffées autrement, mais le résultat final aurait été le même. C'est un problème de puissance à puissance. Les réactions particulières des individus n'y jouent qu'un rôle superficiel.

– Peut-être, admet Jumbo.

Ils sont assis dans de vastes fauteuils, dans la propriété proche de Montfort-l'Amaury. Ils fument à présent des cigares Schimmelpenninck. Ils ont l'air paisible, ces deux Nègres aux dents limées.

– Somme toute, dit le maréchal (et l'expression idiotique française sonne drôlement entre ses lèvres charnues), somme toute, tu peux baiser Josyane. Quelle importance? C'est comme la mort de Butron. Les détails sont sans importance, parce qu'ils appartiennent à un ensemble plus vaste, qui les dépasse et les oblitère quasiment...

Jumbo regarde le ministre et il a l'air hésitant.

– Je ne l'emmènerai pas au pays, ajoute Oufiri. Tu as raison. Ma femme... Les scandales possibles...

– D'autres dirigeants possèdent des Blanches, dit Jumbo.

Ainsi, il a changé de position tout en discutant. Oufiri l'utilise parce que Jumbo le contredit sans cesse. Chaque fois qu'Oufiri change d'avis, Jumbo opère une conversion symétrique. Ils sont le pour et le contre, sans cesse, étant bien entendu que c'est toujours à Oufiri qu'appartiennent le point de départ et la décision finale.

– Saute-la, conseille le maréchal.

Il a rentré ses mains noires dans ses poches, et les crispe doucement. Sous ses ongles carrés s'agglutine une sorte de pâte, à base de brins de tabac et de débris divers vaguement gras. Dans son cerveau qui a ralenti, les idées ne jaillissent plus; elles planent. Oufiri, après tout, s'en fout, si Jumbo monte chez Josyane; si l'équipe de protection a possédé cette petite pute. Il s'en fout réellement. Il sourit.

– Je suis d'humeur pour un coup de H, dit-il.

Docile, le colonel Jumbo fouille dans la poche intérieure droite de son veston bien coupé, en sort un conglomérat de haschisch enveloppé dans un kleenex, développe l'emballage qui a tendance à s'effilocher, et commence d'émietter la matière brune, vaguement pâteuse, sur une feuille de journal. Avant d'émietter, il fait cuire la matière sur la flamme de son briquet, un Dupont en or massif à ses initiales.

Ça sent bon, avec un petit côté eucalyptus.

Jumbo semble préoccupé. Il bourre une pipe en

terre, mélangeant le haschisch et du tabac très fin, anglais, normalement destiné à rouler des cigarettes.

Oufiri le regarde faire avec un sourire débonnaire. Il se détend par anticipation. Son œil erre. Il voit une petite structure de métal étincelant qui, dans un vase de verre, pivote allégrement. Est-ce cela qu'on appelle un ludion ? Il y a toutes sortes de bibelots et de gadgets dans la villa. Elle n'appartient pas à Oufiri. Elle lui a été prêtée par un truand français.

L'affaire N'Gustro va faire des vagues. Oufiri commence à en être sûr. Il faudra assurer la protection du truand propriétaire de la maison. Non pas qu'Oufiri ait de la reconnaissance. Mais il faut que chacun sache qu'il protège ceux qui lui rendent service. Autrement, il n'y aurait aucune raison pour que quiconque persiste à lui rendre service.

Il faudra en toucher un mot aux Américains, mais discrètement. Ils ne seront utiles qu'en cas de gros ennuis.

Il faudra surtout voir avec les éléments qui, à l'intérieur des services français, misent sur le départ du président de Gaulle et sur un certain nombre d'incertitudes qui en découlent.

Tout cela est assez complexe, songe Oufiri. Il est satisfait de pouvoir raisonner sur une situation assez complexe.

Le maréchal claque de la langue. Il fonctionne, en ce qui concerne les perceptions immédiates, comme une crevette. Il palpe sans cesse l'ambiance qui l'entoure, avec une multitude d'organes ténus et imaginaires. A présent, il palpe une certaine gêne dans la proximité. Il écarquille vaguement l'œil, fixe le colonel Jumbo. Le colonel n'est pas parfaitement détendu, tandis qu'il achève de bourrer la pipe en terre.

– Tu n'es pas parfaitement détendu, dit Oufiri.
– Josyane, lui rappelle le colonel.

Oufiri sourit avec soulagement, hésite, puis termine son sourire.

– Vas-y, dit-il. J'avais simplement oublié.

Jumbo se détend après un coup d'œil incertain. Il achève de bourrer la pipe. Il tamponne les matières, dans le fourneau, avec son gros pouce bleu. Ses pores se dilatent. Oufiri ne porte pas de jugement sur le chef des services secrets. Malgré l'indépendance politique du pays, les Blanches demeurent désirables irrépressiblement, c'est vrai. Il y a un complexe de colonisé, enfoui, que nous subissons tous à divers niveaux, pense le maréchal, mais généralement dans le caleçon.

– Allume-la-moi, commande-t-il de façon débonnaire.

Jumdo allume la pipe avec son Dupont. L'odeur parente de celle de l'eucalyptus, mais beaucoup plus appétissante, se répand en même temps que des écharpes de fumée bleue. Jumbo passe la pipe au maréchal, ainsi que le Dupont, car la matière tire mal, il arvive que la pipe s'éteigne, c'est d'ailleurs un plaisir de la rallumer.

Oufiri fait un petit signe de tête signifiant à Jumbo qu'il a quartier libre. Le colonel quitte respectueusement la pièce. Oufiri l'entend marcher dans le hall et grimper à l'étage. Jumbo s'est encore acheté des chaussures qui couinent. Il a une prédilection pour le cuir verni, mais il est un peu avare. Ses chaussures sont toujours rutilantes; toujours elles couinent. Sale Nègre, pense le maréchal en refermant ses grosses lèvres sur le tuyau de la pipe.

Il tète.

Il reste derrière le bureau pendant un moment. La fumée lui réchauffe tranquillement les bronches. Oufiri s'interdit les drogues fortes. L'alcool, le chanvre, il aime bien, ce ne sont pour son corps puissant que des excitations mineures, qui n'atténuent pas ses facultés de raisonnement, sa vision politique, sa sensibilité consciente et sa motricité volontaire.

Il pose la pipe sur le bord du cendrier et va dans le hall pour un instant. Un des types qui sont en protection a complètement démonté sa mitraillette. Oufiri secoue la tête avec de petits clapements de langue, d'un air désapprobateur.

Le type commence vivement à remonter son arme, d'un air de chien battu.

– Ne pas me déranger jusqu'à nouvel ordre, énonce Oufiri avec précaution, car il sent sa langue s'empâter.

Ta grosse langue violette, a l'habitude de dire Josyane. Absurde. Sa langue est rose, non pas violette; et pas spécialement grosse. Pétasse blanche. Oufiri regagne son bureau, ferme sa porte, rigole tout doucement.

La pipe est éteinte sur le bord du cendrier. Avant de la récupérer et de la rallumer, le maréchal se met à l'aise.

Il enlève la veste de son costume italien, et déboucle la bretelle mexicaine qu'il continue à avoir l'habitude de porter, même à présent qu'il est ministre. Le flingue a changé depuis les premiers temps. Tout au début, c'était un brave P38. A présent, le maréchal s'intéresse beaucoup plus au côté décoratif de l'arme. C'est pourquoi il porte une réplique du Colt Peacemaker calibre 45 du célèbre shérif Wyatt Earp, avec un très long canon, une crosse en noyer, et un extracteur collectif qui est une hérésie du point de vue historique, mais une hérésie bien pratique.

Le Colt, Oufiri le glisse sous le coussin du divan. La bretelle mexicaine, il la pose sur le divan. Il desserre sa cravate, s'étire, remet sa pipe entre ses dents et la rallume. Il inspire profondément. Au dernier moment avant de s'allonger, il reprend le petit magnétophone et il l'emporte avec lui sur le divan. Butron l'amuse. Il ne sait pas exactement pourquoi.

Il s'étend et il écoute la bande d'une oreille distraite, heureux de sentir ses muscles se détendre, son esprit s'apaiser. La perception qu'il a des choses demeure, mais elle perd tout caractère d'urgence et acquiert une connotation nettement gaie.

Ainsi, par exemple, lorsque le maréchal entend, avec une acuité auditive nouvelle, grincer un sommier, au-dessus, il sourit béatement. Il se représente le colonel Jumbo, tout nu, ayant perdu toute dignité, les fossettes qu'il a aux fesses emplies de sueur, et qui besogne Josyane. Tant d'efforts pour si peu de choses. La face d'Oufiri est entièrement étirée dans le sens latéral par la joie. Jumbo est un nègre stupide, pense le maréchal. Il écoute la pièce s'emplir de ses propres éclats de rire.

Ce n'est pas très compliqué de me soumettre Jacquie. Je n'ai qu'à faire semblant de rien quand je retourne chez elle pour de nouvelles dictées. Elle attendait une attaque en règle et sans doute avait-elle préparé de cinglantes répliques, quand je la laisse tartir. Ça la déroute. Ça la vexe. Elle rajeunit du coup. Prend de l'agressivité. Paume le genre supérieur. La troisième entrevue, elle est à bout de nerfs. Je l'empoigne. Elle me gifle, griffe ma figure. Je fais que ricaner. Je lui cogne la gueule. Nous roulons sur le sol.

Je mens. Bon, je mens. Ça ne s'est pas passé ainsi.

Je n'ai pas besoin de mentir à présent. Ma vie s'est développée et je puis être sincère parce que j'ai acquis une grande souveraineté.

— Cessez vos petites manœuvres ennuyeuses, a dit Jacquie au bout d'un certain temps, et voyons si vous êtes plus distrayant au lit.

Elle me regarde avec ses yeux dont j'ai à présent oublié la couleur, si je l'ai jamais sue.

En fait, il n'y avait aucune manœuvre à faire. C'est toujours ma tendance à me sous-estimer et à surestimer autrui. Jacquie était parfaitement disposée. Certes elle a gardé un petit ricanement au coin de sa bouche, tout au début qu'on s'est connus, jusqu'à l'étreinte, et il est même revenu certaines fois ultérieurement. Elle me regarde comme si j'étais un drôle de bonhomme, et c'est certainement vrai que je suis un drôle de bonhomme; mais elle ne m'accorde pas une importance particulière, et c'est là que se révèlent ses propres limitations. Car je ne suis peut-être pas fabuleusement original, mais je suis plus particulier que Jacquie, qui n'est rien qu'une fillette modorniste, figée dans ses concepts figés, une snob de l'esprit.

Quoi qu'il en soit, nous nous mettons à coucher ensemble.

Nous ne voyons jamais Anne. Jacquie s'arrange pour qu'elle ne soit jamais là quand je viens chez elle. Ça ne me gêne pas. Il faut pas courir deux morues à la fois.

Plus tard, Jacquie racontera que c'est que j'étais pas une fréquentation pour sa fille. Permettez que je me marre. Elle voulait bien que je la saute, elle, mais pas que je rencontre sa fille, pour des raisons morales, croit-elle.

Vraiment je me marre.

Un premier texte paraît dans « Le Nouvel Informateur ». Je constate que Jacquie cherche à me faire passer pour un jouet des événements. Curieusement, je ne ressens nulle rancœur. Ça lui ressemble. Et moi, qu'ai-je à foutre, du moment que ça paie ?

Jacquie est surprise que je lui dise que c'est bien, son article.

On monte un autre coup, une version plus étoffée

de la même chose, avec des notations plus intellectuelles, pour « Contemporanéité », la revue mensuelle de Hourgnon.

On monte à Paris une fois, pour en causer avec la rédaction du mensuel. J'étais jamais allé à Paris, chose bizarre, c'est seulement à ce moment-là que je m'en rends compte. Je visite la ville. Jacquie est blasée. On va au Trocadéro, pour le Musée de la Marine et le Musée de l'Homme et au Palais de la découverte. Jacquie, elle abandonne en chemin, elle s'emmerde trop.

Moi, je suis fasciné, je le dis. Tout ce que la civilisation a produit. C'est impressionnant de richesse, et par contrecoup, la pauvreté de l'existence est impressionnante aussi. Quand je dis pauvreté de l'existence, je ne parle pas des marchandises. J'ai tout ce que je veux, moi par exemple, en fait de voiture, machine à laver la vaisselle, etc... Ou du moins, j'ai ce qu'il me faut. Une découverte pour draguer, et de l'électro-ménager pour les petits travaux quand par hasard j'ai lieu de bouffer chez moi. Par pauvreté de l'existence, je veux dire le point auquel on s'emmerde. C'est extraordinaire, le point où on s'emmerde.

Bref, Jacquie abandonne. Elle s'en va aux Champs-Elysées, voir des gens. Je reste à examiner des pointes de flèches préhistoriques, puis ce circuit marrant; on lance une sorte de cercle avec des rails, sur lesquels se trouve une petite locomotive. Au début, la loco reste en arrière du mouvement. Puis, à cause de l'adhérence, elle prend de la vitesse et elle tourne comme les rails. Puis le cercle de rails s'arrête, mais la loco, elle a pris de l'élan, elle continue à rouler sur les rails devenus fixes. Je me rappelle absolument pas la démonstration de quel principe c'est, cet appareil, mais je me rappelle combien je trouvais la chose bidonnante. Je me lasse difficilement de la faire fonctionner. Je m'en vais seulement quand de grandes masses de peuple sont agglutinées attendant pour faire marcher l'expérience à leur tour.

Ensuite, je vais au Planétarium et j'écoute une conférence avec les étoiles qui bougent dans le noir au plafond. Je suis peut-être pas heureux, mais en paix sûrement. J'attends pas que ça finisse, ça peut continuer aussi longtemps qu'ils veulent.

Mais ça finit, donc je vais ailleurs; je traverse le fleuve et je grimpe à la Tour Eiffel par les escaliers. Je me presse pas. Je me sens vachement bonasse. Je me paye un gueuleton là-haut. Que diable, j'ai du pèze. Les loufiats sont très lents dans ce restaurant, on a beau les appeler en criant de toutes ses forces, ils se pressent jamais.

Le ventre plein, je file au rendez-vous qu'on a à seize heures à « Contemporanéité ».

Hourgnon, je l'ai vu cinq minutes, pas pour affaires, mais dans l'antichambre, Jacquie l'a chopé par les basques, qu'on a causé deux trois minutes. Il a une sale tête, voilà ce que je dis. Au point qu'on comprend pas très bien la grande faveur qu'il jouit auprès des collégiennes. Parce que pardon! The Maître à Penser! Les pensionnaires dévorant ses livres en cachette. Grosse influence sur la jeunesse. Tout le temps cité dans le navrant questionnaire de l'Omnibus à la mère Biniou; en tant que l'écrivain qui avait foutrement marqué à pas loin de cinquante pour cent la jeunesse de la nation. Avec ça, imaginez le même déclarant que le socialisme malien est conditionné par le fait que le Mali n'a pas de débouché sur la mer. Mais quand même il faisait pas rire.

Tout juste s'il me tapote pas la joue d'entrée de jeu, puis Jacquie lui touche un mot de ce que je suis, elle le tutoyait, il me jauge alors, me mesure d'un regard pénétrant comme un morceau de savon, je sens les sinus qui cliquètent sous son crâne. Il est bien sûr qu'avec le temps, moi, rebelle sans cause, je vais prendre conscience, comme il dit. Il essaie de m'en toucher un mot. Je ne comprends rien à ce qu'il dit, d'ailleurs ça ne m'intéresse pas et je foire bruyamment dans l'espoir qu'il va me coller sa main sur la gueule, qu'on rigole un peu, mais non, il s'en va secouant la tête d'un air entendu. Jacquie est outrée à mon sujet, bien sûr, mais n'ose pas m'engueuler en présence du membre du « Comité de rédaction », je te demande un peu, qui à présent cause avec nous. Lui-même semble se hâter tant qu'il peut d'en avoir fini avec nous. Je prends donc plaisir à nous retarder. Je lui fais des remarques. Que je schlingue sévère. Qu'il a l'air juif. Il fait exactement comme si je n'existais pas.

Il est quand même obligé de me jeter des coups d'œil de côté quand on en vient à parler pognon, parce que je n'ai aucune intention de me faire entuber et je menace d'aller fourguer mes narrations ailleurs, s'ils raquent pas. Chose que je songe à faire de toute façon. Suffirait de modifier un peu. C'est une idée qui a fait son chemin dans ma tête. Si je suis ici ce soir à suer de peur, je le dis sans honte car j'ai de quoi blêmir, et même pas le flingue à Eddy, si je suis ici à suer, c'est à cause notamment des réflexions que je me suis faites sur le blé. Petites causes, grands effets.

Mais d'abord, contrat signé, on est rentrés paisiblement à Rouen dans la soirée et on s'est mis à refabriquer un texte à partir des notes de Jacquie, et des nouveaux détails, vrais et faux, que je ne me lassais pas de concevoir, refabriquer un texte qui ait le ton « Contemporanéité ».

A cinq heures du matin, c'était chose faite.

Le maréchal arrête à nouveau le magnétophone. Ses perceptions auditives ont acquis une sélectivité légèrement incohérente. Ainsi, il perçoit parfaitement le rythme du coït qui se poursuit à l'étage; mais aussi, davantage que la voix de Butron, un imperceptible couinement que fait le magnétophone.

Ce couinement en est venu à quasiment couvrir la voix, du moins en ce qui concerne les perceptions du maréchal.

Il roule sur lui-même, sur le vaste divan, et son gros index appuie sur une manière de ventouse pneumatique, normalement destinée à être actionnée avec le pied, pendant les repas, à déclencher une sonnerie diaphane, et à faire surgir un membre du personnel.

Quand les maîtres de céans sont ici, la sonnette leur rameute la domesticité espagnole. En l'occurrence, Oufiri voit surgir, suite à sa pression, l'homme à la Schmeisser, lequel, d'ailleurs, n'a pas sa Schmeisser.

Oufiri lui en fait la remarque.

— Laissée dans le hall, crache l'homme.
— Imprudent, susurre le Nègre.
— Non, dit l'homme. J'ai un petit flingue.
— Non qui? demande Oufiri.
— Non, Excellence.
Oufiri daigne sourire.
— Fais voir.

L'homme comprend qu'on lui demande une démonstration d'efficacité. L'arme de poing semble jaillir miraculeusement au bout de son bras, quand en réalité il est allé la chercher à l'intérieur de son blouson de toile. Oufiri fait un sourire plus onctueux que le précédent. Il est content. Il roule les yeux en considérant le flingue.

— C'est joli, ça. Je connais pas, ça.

L'homme s'approche respectueusement et lui passe l'arme. Il recule ensuite d'un pas, comme un domestique bien stylé.

— C'est un Miroku, Excellence.

Oufiri regarde l'homme, l'air de se demander si on ne se fout pas de sa gueule, d'affirmer qu'un flingue porte un nom pareil.

— Je ne blague pas, Excellence. Ça s'appelle un Miroku. C'est japonais.

Dès qu'il est persuadé de la réalité de l'appellation, Oufiri éclate de rire. Il rend l'automatique à son propriétaire. Le rire le secoue encore.

— Quand l'opération sera terminée, dit-il, j'aimerais que vous m'en fissiez don.

— C'est comme Votre Excellence le désire, hasarde le truand, que l'imparfait du subjonctif momentanément démonte.

Oufiri hoche d'un air avunculaire.

– Bon, dit-il. C'est pas tout ça. Il me faut une burette.

– Une burette, Excellence?

– A huile.

– Momentito, dit l'homme et il file hors de la pièce en remettant son automatique sous son bras gauche.

Oufiri reste seul pendant peut-être cinq minutes. Il s'amuse à faire glisser son gros doigt sur le carter en matière plastique du magnétophone. Il produit ainsi un grincement, qui pour une oreille à jeun ne serait qu'un grincement, mais qui, pour l'oreille superbement dilatée par le H du maréchal, contient une quasi-infinité d'harmoniques subtiles. Le maréchal se rappelle le temps où il jouait du violon en fèr, dans la brousse.

Il est d'une humeur charmante. Tout concourt à sa joie. Il pense au colonel Jumbo, qu'il continue d'ententre s'activant, là-haut. Il perçoit la fatigue du colonel. Le sommier ne grince plus, il gémit. Josyane pour sa part ne gémit ni ne grince. Elle doit être à moitié inconsciente. Tout membré qu'il est, Jumbo est incapable de l'éveiller. C'est bien fait. Le maréchal rigole derechef.

Il pense aussi à la cave, où sa proie est pendue. Il a un délicieux frisson. Tout à l'heure, il tranchera dans le vif du sujet, de sa propre main. Au bout d'un certain nombre d'heures, quiconque est pendu par les pieds a la figure qui noircit. Mais sur un nègre, ça ne se voit pas.

Le maréchal est hilare. Il tire sur sa pipe chaude. Il plane. L'homme à la Schmeisser revient. C'est à peine si Oufiri le reconnaît. L'homme lui tend une burette. Le maréchal dit merci et huile le magnétophone. Des taches grasses s'étendent par hasard sur le couvre-lit. L'homme à la Schmeisser est sorti.

– Miroku! Miroku! répète le maréchal avec jubilation.

Et il se flanque de l'huile partout.

Un matin du mois suivant, quand je vais au bar du coin prendre mon breakfast, je vois « Contemporanéité » au kiosque et je constate que l'acticle est paru, sous le titre « Un jeune homme seul » : c'est aussi le titre d'un roman de Roger Vailland qui raconte comment un jeune bourgeois rejoint les communistes; on voit tout de suite ce qu'ils attendent de moi, les pauvres zouaves de « Contemporanéité ».

Le plus marrant, c'est qu'il va se passer quelque chose de formellement analogue à leurs espérances; mais rien à voir sur le plan du contenu; vous allez voir.

Je lis l'article en mangeant mes croissants. Le texte n'est pas trop navrant. Pour un mensuel de gauche, veux-je dire. Il y a des inexactitudes, en sus de celles que j'ai mises moi-même. Et toujours le coup de me dépeindre comme un jouet des circonstances. Moi, je veux bien, mais ils se sont pas regardés. Qu'est-ce qu'ils ont pu rebondir, ping-pong, quand il y avait la Corée, la Yougoslavie, ou ce qu'ils appellent la tragédie hongroise, ces péteux. C'est pas une tragédie, c'est une insurrection.

Quoi qu'il en soit, après mon breakfast, je prends l'Ondine et je vais chez Jacquie en emportant une bouteille de scotch, un peu l'idée de fêter ça, il n'y a rien à fêter mais j'en ai envie tout de même.

Je sonne et je tourne le bouton en même temps comme j'ai l'habitude; ça ne s'ouvre pas, mais j'entends un bruit furtif à l'intérieur. Je suis assez interloqué, Jacquie ferme jamais sa porte, sorte de paresse. En plus elle ne vient pas ouvrir, silence de mort là-dedans, j'ai beau resonner. Je suis hésitant, j'ai quand même pas rêvé le frôlement et les chuchotis consécutifs à mon premier coup de sonnette. L'idée ne me vient pas que Jacquie pourrait ne pas vouloir m'ouvrir, étant avec un autre type par exemple; sinon je n'aurais pas fait ce que je fais : je passe dans la courette où on met les poubelles; la fenêtre des latrines est ouverte; impulsion irrésistible, histoire de voir, je me hisse. Il paraît que Du Guesclin, en son temps, s'est farci une place forte anglaise comme ça, en s'introduisant par les gogues. C'est même à peu près le seul fait historique que j'ai retenu qui me vienne d'un livre de classe. A présent, ça me semble un peu étrange qu'un château du Moyen Age ait eu des chiottes, avec tout ce qu'on nous raconte par ailleurs que même sous le Roi-Soleil, tout le monde y compris les courtisans chiaient plus ou moins n'importe où ils se trouvaient, dans des coins sombres mais n'importe où dans les palais. Enfin, c'est pas mon problème. Je rentre donc dans les latrines et je passe dans l'appartement sans faire le moindre bruit, sachant guère à quoi je m'attends, voulant peut-être lui faire une frayeur, à Jacquie.

Le couloir est plein de caissettes, dans les

soixante centimètres sur quarante. Je comprends mal. Je perçois un mouvement du côté du salon, je vais là, qu'est-ce que je vois? Deux gros Nègres tout noirs et Anne.

Il y a aussi deux ou trois autres caisses, et il y en a une qui est ouverte, et juste en plein comme dans un western, on voit les armes qui sont dedans, bien emballées, et un des Nègres, qui porte un complet bleu pétrole et des lunettes noires à monture d'or, il ressemble à Thelonius Monk, il manipule une des armes, c'est des mitraillettes Skoda.

Je suis tellement surpris, la seule chose que je pense, c'est brosser les genoux de mon pantalon qui ont un peu blanchi quand j'ai escaladé la fenêtre des lieux.

Anne et les deux Nègres, ils sont pour ainsi dire figés. Je suis peut-être gêné, mais eux sont emmerdés sévère. Fraction de seconde, je jauge la situation, ils me flingueront pas, ils peuvent guère à cause du bruit, mais de plus ils n'ont pas l'œil tueur, les deux singes.

– Je m'excuse, je fais avec un petit sourire insouciant, je venais voir Jacquie.

– Elle est absente pour deux jours, répond machinalement Anne.

Elle n'a pas beaucoup changé, sauf que les seins fléchissent et qu'elle n'est pas maquillée. Pernicieuse influence marxiste, ça, pas se maquiller. Ils m'agacent, les militants, la façon qu'ils veulent pas utiliser les produits de luxe. Les marxistes, c'est judéo-chrétien et compagnie, voilà ce que je dis, des curés, quoi.

En attendant, on est là à se regarder, bien emmerdés, et moi j'essaie de comprendre, ce qui n'est pas trop difficile. Les gens comme Anne, ça leur avait collé une méchante droite, la façon que l'Algérie tournait, tout le pouvoir aux colonels et aux marabouts, comme si les bougnouls étaient capables d'inventer autre chose. Vite fait, les gauchos métropolitains, il fallait qu'ils s'oublient dans quelque nouveau soutien d'un nouveau peuple opprimé. Ils reportaient leur projet, comme disait Hourgnon, sur des autres choses. Il y avait ceux qui vous affirmaient froido que Nasser était socialiste. Il y avait ceux comme Anne qui cherchaient désespérément une nouvelle guerre coloniale, de nouveaux berbères à s'aplatir devant. Les chiens à forme humaine là, devant, je les vois d'ici autonomistes africains, ce qui explique leurs mitraillettes et leurs craintes.

— Vous n'avez pas à vous en faire, dis-je sentant que quelqu'un doit dire quelque chose. Je m'occupe pas, je dis, des affaires d'autrui.

— C'est un copain, dit Anne aux Nègres.

Son minois hostilement fermé dément ses paroles.

— J'en fais mon affaire, elle ajoute.

Vous connaissez ces impulsions irrésistibles qu'on chope, pas se laisser manœuvrer n'importe comme. J'avance dans le salon. J'enjambe la caisse et les Skodas, je souris drôlement, les Nègres sont terriblement emmerdés, je leur en veux pas à eux, c'est Anne, je la hais. Je m'assieds sur le grand canapé devant la petite table en verre et je m'étire.

— Va faire du café, je jette à Anne.

Elle rebiffe. Je la regarde durement. Les Nègres aussi ils lui font signe qu'elle ferait mieux. Vieux instincts tribaux. Ils me comprennent point encore, ils ont pas idée comme ça va tourner, mais que j'expédie la morue côté casseroles, ils approuvent d'emblée, je sens favorable chaque fibre de leur gros corps. Anne file.

— Vous inquiétez pas pour moi, je dis. Je ne fais pas de politique. Arrangez-vous avec vos mitraillettes.

Ils hésitent.

— Même, ajouté-je. En cas où vous auriez besoin, je suis à votre service. J'ai rien à foutre. J'ai une bagnole. J'ai du pognon.

Les deux Nègres se regardent. L'un c'est le genre Monk, je vous ai dit, avec le complet bleu pétrole et les lunettes, et la monture en or. L'autre il est plus aquilin, barbiche rare, cou long, grand bras, costume italien, clair, avec des fils de soie qui font rutiler ses mouvements. Début de calvitie. Zozotement léger.

— Une voiture... il répète méditativement.

Il dit pas plus, attendant de voir comment je tourne.

Je hoche.

— Voiture, confirmé-je. Et ma bonne volonté.

Pendant que l'eau chauffe, Anne surgit comme un diable, pour mise en garde. Fasciste, la substance qu'elle jappe à mon propos.

Je dis :

— Messieurs, messieurs, on se comprend. Les luttes politiques en France. On se comprend. Autre temps, autres mœurs. Pouvez compter sur moi.

Le plus gros qui ressemble à Monk, il se massacre la lèvre avec l'ongle de son pouce. Terribles hésitations. Je hausse les épaules. Je fais marcher l'électrophone, je me rappelle bien. Un morceau de

Herbie Mann, avec Michael Olatunji aux drums. Sacré vacarme. Très africain. Un High Life. Paraît que c'est de la musique nègre folklorique d'Afrique à peine modifiée jazz. J'ai pensé que ça peut leur plaire. Ils aiment assez.

– Minute, je dis.

Ils s'inquiètent sévère, que j'ouvre la clé de la porte, que je fais un petit voyage à l'extérieur. Ils se rassurent quand je rapporte la bouteille de scotch. Herbie Mann tourne toujours sur l'électrophone. Les Nègres échangent les bons procédés. Ils font comme chez soi, ils mettent à sac le bar de Jacquie. Et de l'anis, et de l'Arak, et de la Vodka, du Cointreau, même de l'alcool de fruits roumain, pour boire chaud avec des clous de girofle.

Evidemment, le dialogue à froid posant, vu mon entrée en matière, tout un tas de difficultés, on se met à boire en silence, beaucoup, attendant que quelqu'un ait une idée sur ce qu'il faut qu'on se dise. Le temps que Anne revienne avec le kaoua, le kil de scotch est intégralement déglingué et on est passé à autre chose jusqu'à mi-corps.

Les protagonistes commencent à se sourire. Celui à la barbiche rare, il dodeline franchement. A la faveur de leurs risettes, je constate que mes deux cosaques du Kilimandjaro ont les dents limées en pointe. Ils doivent débouler d'assez loin, pensé-je, un territoire tout à fait sous-développé, malgré leurs beaux costumes.

– Angola? Guinée? Mozambique? je suggère.

C'est la grande mode en ce temps-là, les colonies portugaises. C'est juste avant la vogue de Guevara, Douglas Bravo, etc... C'est pas très longtemps après Lumumba. La Gauche bande pour l'Afrique.

Mes interlocuteurs secouent la tête. Ils sont d'une terre indépendante, en plein milieu du continent. Ex-Gustavia hollandaise, ex-mandat français, libérée y a pas très longtemps, devenue République Zimbabwite, que des problèmes tribaux obèrent.

A ce point de leurs explications, ils s'interrompent comme pris en faute, et me regardent, et se regardent, et me regardent de nouveau moi. Et me demandent avec toutes sortes de fleurs et d'hésitations si c'est bien vrai ce qu'elle a dit là, Anne, que je serais fasciste.

Je nie, en toute conscience. Le fascisme, c'est d'avant la guerre. Mussolini, Primo Carnera. J'ai rien à voir. Je les mets un petit peu en boîte. Ils m'expliquent ce qu'ils voulaient dire, si je suis pour les Américains ou pour de Gaulle, ce qui n'éclaire nullement la question. Je suis pour personne, moi, je suis pour qu'on rigole, je suis pour l'amour fou, comme dit l'autre. Ils me comprennent pas. On se comprend pas. Ça a aucune importance puisqu'on se marre. Anne elle veut qu'on s'explique, elle veut tout le temps qu'on s'explique. Je dis qu'elle écrase.

– Oué, oué, font les frères en hochant la tête sévère.

Ce qui l'oblige de facto à écraser, parce qu'elle nourrit forcément un profond respect pour les deux Nègres, étant donné qu'ils sont militants révolutionnaires, elle va pas contredire. Attention minute que je dois insister sur mes mobiles à moi. Ne me prenez pas pour le bon pasteur, serait-ce qu'une fraction de seconde. Je plonge avec les deux Nègres parce que je les trouve plaisants, point c'est tout. Plaisants, avec leurs mitraillettes plein l'appartement. Et nous sommes salement défoncés en sus, et ça joue.

Le souvenir réel de la discussion est assez confus dans mon esprit. Je me rappelle bien les dents limées en pointe. On a envoyé Anne acheter des saucisses. On les a fait griller dans l'âtre. On s'en est mis jusque-là.

Sûr, on causait aussi, mais léger. Tout ce qui les intéressait, c'était savoir si j'étais pour eux. Sûr que j'étais pour. Ils demandaient pas davantage. (Plus tard, ça m'est arrivé de rencontrer des autres Zimbabwites, du genre doctrinaire, marxistes, maoistes, fanonistes. Je laissais dire. Les cons, faut laisser dire.) Mais les deux Nègres de ce jour-là, ils se foutaient bien des idées, du moment qu'on buvait ensemble et que je faisais mine de vouloir les aider.

C'est Anne qui était pas contente. Je lui avais fauché ses Nègres. Ils la renvoyaient coin-cuisine. Elle protestait des choses sans rapport, l'émancipation de la femme, les berbéresses à dévoiler, Clara Zetkin, planning familial, Agnès Varda, Duras, Beauvoir, Ibarruri. Salades monstres.

Elle buvait pour reprendre haleine, tenir le coup contre la grande fatigue que c'est de discuter tout seul. A la nuit elle était fin soûle. Nous, on avait cuvé un peu. On l'a bordée sur le divan. Elle ronflait. Elle m'en voudra le lendemain. Je lui fais louper son western personnel. Les Nègres et moi, assez titubants, on se coltine les caisses jusqu'à l'Ondine. On les emporte jusqu'au port. Un cargo norvégien fait escale. Des types de l'équipage sont au courant, payés pour. Ils embarquent la marchandise. On refait plusieurs voyages.

Ça fiche le camp en Guinée, en transit, ou au Congo, j'ai oublié, puis ça file vers le centre Afrique, par des camions, par des porteurs. Ça rejoindra la guérilla. Quelle guérilla ? J'en sais même rien, sur le moment. Je ramène les Nègres chez moi. Il est passé minuit. On déglingue encore deux bouteilles. Je dégueule plein les tiroirs du bureau de papa. Tout dort. Rideau.

Le lendemain matin nous avons une gueule de bois carabinée mais nous sommes plutôt contents. On boit du café noir, les Nègres et moi, dans la cuisine. On parle lentement, comme les lendemains de cuite. Je suis content de ce que j'ai fait. Je veux en savoir un peu plus. Ils m'expliquent leur point de vue. Le Zimbabwin, leur contrée, elle s'est libérée et c'est un Front de Libération, le F.L.Z. qui s'est installé au pouvoir. Mais si je comprends bien, il y a une ethnie qui marche sur la gueule des autres, dans le F.L.Z. et qui pis est, musulmane, tandis que mes deux singes, ils sont moitié féticheurs, moitié marxistes athées. Ils m'expliquent : les musulmans, là-bas, c'est l'équivalent des bourgeois ici, ce sont de grandes familles, des chefferies, de tous temps mouillées avec les expéditions arabes qui descendaient l'Afrique, remontant le Nil et plongeant bien au-delà dans l'intérieur, à travers le Soudan, jusqu'en plein cœur du continent, faire des razzias, kidnapper à grande échelle, des populations entières qui se revendaient sur la mer Rouge, les hommes pour le travail, les femmes aux bordels, les mômes ça dépend.

Mes hôtes, ils ont fait scission, créé le M.P.L.Z., le Mouvement Populaire de Libération Zimbabwite, organisé la guérilla dans le sud, avec leurs tribus à eux, des chrétiens, des fétichistes. Toutes ces histoires de religions, je dis franchement que ça m'emmerde. Ils disent d'accord, que ce sera extirpé au fur et à mesure du mouvement réel des masses; qu'eux-mêmes ils sont bien libérés de toutes histoires de transcendance. Mais qu'il faut pas être trop en avant des masses, il semble que c'est Lénine qui l'a dit, je comprends mal quand ils s'échauffent, leur accent est assez ardu.

Combien de temps que je parle? Une heure? Deux? Je n'ai pas dit un mot encore de l'affaire N'Gustro. Patientez. Tout le décor doit être mis en place, ou vous n'y comprendrez rien que la surface des choses, qui est de peu d'intérêt, réservée aux hebdomadaires.

Je prolonge mon temps de répit, en n'entrant pas dans le vif. Comme si j'étais sûr de n'avoir aucun pépin avant d'approcher de la fin de mes confidences. Aussi les prolongé-je, mes confidences. Parler toute la nuit, voilà qui serait bien. Mais il n'est pas dix heures encore, du soir. J'ai remis la grosse horloge normande en marche; son balancier jaune en cuivre fait trouc, trouc. Un certain goût pour le théâtral...

Mes Nègres sont partis vers onze heures du matin. Je ne donne pas leurs noms. Ils sont sûrement actifs encore, ici en France ou outremer. Je veux point renseigner les bourres.

Ils m'ont chargé de faire la bise à Anne, qu'on se reverrait en cas de besoin. Je prends l'Ondine. Je résiste pas au plaisir d'aller longer le port. Le Norvégien a levé l'ancre. Les Skodas voguent. Peut-être n'était-ce qu'un rêve, comme dit l'autre.

Je remonte la rue Jeanne d'Arc, vais chez Anne.

En peignoir chinois, des valises sous les yeux, le teint brouillé, les mèches folles, elle se fait chauffer du café. Le débris blanchâtre dans un verre signale l'Alka-Seltzer. Je m'attable sans dire un mot. Elle me regarde hostile, mais me sers du café. Je suis pris de tendresse. Je contourne la table, relève une mèche, dépose un baiser au coin du front. Elle est moins hostile, plus indécise. Je souris irrésistiblement.

Je ne sais si ça vous fait ça. Après une terrible muffée, au matin vous êtes encore gris, mais un tantinet champignonneux de la gueule et de l'intellect, et fatigué, si fatigué, transpirant pour un rien. En même temps, alors que vous seriez incapable de faire du terrassement, ou bien, à cause des mains qui tremblent, de l'aquarelle japonaise, disons; en même temps, sexuellement, c'est la tension absolue. Moi ça me fait ça.

Anne aussi, ça lui fait ça. J'ai que peu de mots à dire. Juste qu'elle ne perde pas l'honneur. Je balbutie des sortes d'excuses, plutôt des paramètres permettant de faire pivoter la compréhension, je lui rebâtis sa soirée antérieure, j'affirme qu'on fut très gentils, très favorables, elle-même merveilleuse, un coup de fatigue qu'elle a eu, voilà la seule raison qu'elle a pas participé; je l'induis à penser qu'elle m'a pratiquement délégué les tâches. Elle devrait savoir que c'est pas vrai. Mais en même temps on se rappelle si peu, non pas la réalité, mais le sens des faits, un lendemain de cuite. Elle veut bien me croire. Elle se détend. Tous camarades. J'ai changé, constatons-nous. Plus fasciste pour deux ronds; elle m'a converti. Parfaitement, à long terme, on peut dire que c'est elle qui est responsable de ma modification. Voilà à peu près ce qu'on se dit, ce qu'on se laisse entendre. Tellement heureuse de m'avoir désaliéné. Jacquie absente jusqu'à ce soir. On plonge au page. Je la défonce. Comme des bêtes. Je suis jamais si puissant que quand je suis épuisé ou fiévreux. Cinq tronchages jusqu'à quinze heures trente. Un saut à la boulangerie. Goûter avide. Café, petits pains, sablés, friands. Triple-sec. On remet ça deux coups. L'après-midi se tire. On aère. On fout de l'air-wick partout pour lutter contre l'odeur fauve dégagée si obstinément. Une douche chacun, un peu de ménage. Jacquie tardera pas à rentrer. Anne aime mieux pas être là. Jacquie elle lirait dans ses yeux les sacrés débordements. On file en ville. Restaurant gastronomique. Avec touristes hollandais. Une hure de lièvre, beaucoup de vin. On sort en s'accrochant aux tables. La nuit est venue. On va voir dans un petit ciné « Le Procès » d'Orson Welles. On s'endort pendant la projection, du moins, moi, mais Anne elle prétend qu'elle a tout regardé et tout compris.

– La société, elle dit, la société, c'est la société, l'image de la société.

– C'est pas vrai, c'est l'histoire d'un ringard, je contre-attaque. C'est un film contre les ringards, mais c'est mal fait.

– La société, elle commence à nouveau, tout de suite je coupe, ça va pas recommencer. Anthony Perkins, dans n'importe quelle société, il serait mal parti.

– Non, non, dit Jacquie. Le film symbolise notre univers d'oppression.

On n'en sort pas. On rentre dans un bar, sur le chemin du retour. On cause encore passablement, jusqu'à l'heure de la fermeture. On parle de l'art, toutes ces choses. L'art, Anne, elle est pour.

– Ça existe plus, je fais valoir.

Elle se lance dans une grande harangue sur la nécessité que la culture soit vivante ou je ne sais quoi.

– Elle est morte! je fais.

– Elle vit de la vie de ceux qui la font chaque jour renaître.

– C'est bien ce que je dis.

– Admets que tu te mettrais à écrire, dit Anne. Tu recrées tout ce qui t'entoure en le filtrant dans le prisme de ta subjectivité.

– Ça fait rien de vivant, ça, je dis, ça fait juste du pognon.

– C'est vivant parce que tu es vivant, elle dit, la spécieuse enfant. Tu racontes des choses vivantes.

Par-dessus mon picon-bière, j'y réfléchis, j'y rêve. Je pense aux choses à raconter. Comment j'étais en taule et la suite. A force de voir travailler Jacquie, je commence à connaître les ficelles. On cause encore, je m'échauffe. On fait fonctionner le scopitone, tout le clavier successivement. Nougaro chantant qu'il est soûl, Françoise Hardy en balançoire ou Vartan en cigare volant, je sais plus bien, couleur pastel. Lorsque le morceau est fini, une lueur rose parcourt l'écran, bien attirer l'attention, exhorter les consommateurs à venir mettre la petite pièce. Certaines des mises en scène, tout à fait agréables, d'autres à chier. Lelouch, paraît-il, a commencé comme ça. J'admire la réussite, le pognon.

– La tranche de vie, dis-je à Anne, oui, d'accord,

la tranche de vie, ça se conçoit. Mais ne nomme pas cela de l'art. C'est du produit.

Ça s'écrasera dans pas longtemps, mes tendances. Je persiste à dire l'Art est mort. Neuf-dixième des gens qui disent ça, trop contents, car incapables. Le dernier dixième, je ne sais pas. Pas mon problème, je ne suis d'aucun des dix dixièmes. Très rapidement, je répète, j'insiste, finies mes tendances. Très vite, un seul but, le pognon. Rien ne se fait sans lui. Certains parlent de sa future disparition, révolution mondiale, destruction des états. Je n'ai pas le temps d'attendre. Bientôt trente ans d'existence, seul survivant de la lignée Butron. L'Ondine et la maison de Rouen, ça commence à bien faire. Je désire bateau à voile, beaux hôtels, extrême oisiveté, considération distinguée. Avec mes incartades, seul moyen de devenir tranquille : que je me catapulte bien haut dans le bon pognon.

Ce soir là-bas, j'y pense pas encore. Des débilités ordinaires sont dites à Anne. Que je suis riche d'expérience, plein de désir de m'exprimer. Quelle blague. Mon mot à dire sur la police, les curés, les gardiens de prison et l'Histoire Universelle. Personne en aurait rien à foutre. Pas un obstacle, d'ailleurs. De moins pourris, de plus pourris s'en sont mis plein la lampe. Je veux faire autant.

Pas faire ma fière : j'avoue que j'y croyais ferme à mes produits. Dès le lendemain matin, l'argent n'étant pas un problème, avant même d'avoir déjeuné, à peine après m'être rasé, je m'achète une petite Hermès et un petit magnétophone. C'est encore celui dans lequel je cause.

Ce matin-là, je me rappelle, je l'ai testé, le

magnéto. Puis plus capable de dicter quoi que ce soit. Aussi essayé la machine. Tapé n'importe quoi d'abord, voir si elle imprimait. Tapé des phrases ensuite, voir si ça sonnait bien. Un désastre. Je me masquais vite fait. J'aimais pas du tout ce que je fais. Je me promenais lugubre dans la baraque, le chapeau sur la tête, un petit cigare au coin de la gueule, à me regarder dans toutes les glaces, voir si j'ai une tête d'écrivain. Conclusions très imprécises. Avec bada, je ferais peut-être pas mal au dos d'un polard. Le crépuscule des ringards, par Henri Butron. Ou bien pas de bada, pas de photo sur le bouquin, quelques-unes seulement dans la presse, si j'ai un prix ou du piston. Le bretzel moisit à cinq heures, d'Henri Butron, une œuvre forte, un talent original, à lire à la plage. Je serais pas capable, j'ai peur.

Je suis ressorti, voir chez le libraire. J'ai acheté ce qui se vendait bien, pas bien-n'importe comment, bien-régulièrement, bien d'une façon soutenue. Sagan, Troyat, et des intellectuels, Jules Roy, Claude Simon, le Maréchal Juin; je suis pas sûr que l'homme m'a pas refilé n'importe quoi, prétendant gros tirage. Quand on lit les best-sellers, ils ont l'air bien facile à écrire. J'essaie donc, j'essaie encore, je n'arrive qu'à des pastiches de quatre ou cinq lignes, et même pas ressemblants.

Je stoppe. Ce n'est que le premier jour. Je ne suis pas découragé. J'ai bien raison. Je réfléchis.

Dans le milieu de l'après-midi, Jacquie vient me voir. Elle est très maussade, nerveuse. Elle casse ses cigarettes en les tripotant trop.

— Tu as remis ça avec Anne?

L'autre petite oie a dû se vanter. Pas très malin, par le fait. Mais qu'ai-je à foutre ?

— Je ne suis certes pas jalouse, dit Jacquie. C'est une question morale. Tu n'es pas une fréquentation pour Anne.

— Ça va pas recommencer ! (Je crie presque, je crois que je crie.) Où elle est, ta désaliénation dont tu causes tant ? Amour libre, tu racontes toujours. Et ton Boche ?

Elle perd le fil, c'est manifeste.

— Gustave Chose, je précise, Reich Whilelm. (Ça me revient.) Des pleins boisseaux dans tes rayons. Voilà un type.

— N'exagérons pas, elle fait. Ça n'a pas de rapport.

Mon œil que ça n'avait pas rapport ! Reich, c'est un type. Il était pour tout, du moment que ça fait plaisir. Forcément, on l'a enfermé. Il est mort dans un pénitencier amerloque.

Jacquie, elle était abstraite. Libération sensuelle. Planning familial. Dans l'abstrait, dans l'abstrait. Que je touche pas sa fille, par exemple !

— Un imbécile, dit-elle très froidement, voilà ce que tu es, un imbécile. C'est drôle. Il y a quelque chose en toi, quelque chose.

— C'est du Belge, susurré-je pour la mettre hors d'elle.

Mais elle se contient, comme on dit. Elle poursuit.

— Tu es un malheureux. Je te plains.

— Ouais, dis-je. Ensuite ? Autre chose à dire ?

Elle tremble. Elle me claque la gueule. Je frappe, léger et sec, au foie. La voilà assise sur le tapis.

Convulsé de douleur, qu'il est, son visage. Elle halète. Elle a l'œil haineux. Elle peut plus arquer.

— Moi aussi, je te plains, dis-je d'un air vachement raide. T'es le contraire de Lilith (Mon érudition lui coupe la chique.), t'as un cerveau entre les jambes. Seulement, il a la vérole.

Question métaphores suivies, il est pas né celui qui me dépassera. Jacquie, elle est encore plus hors de soi. On y va pour les grosses injures. Elle finit par sortir des choses qui me piquent. Je suis content. J'ai voulu ça, au niveau subconscient.

— C'est parce que tu es vivant, elle hoquette. On croit pouvoir te supporter parce que tu es vivant. Parce que tu as l'air de te débattre. Mais qu'est-ce qu'ils t'ont fait? (Et elle le répète deux fois et je n'ai rien à lui répondre parce que je ne vois pas de quoi elle cause et d'ailleurs elle a l'air complètement folle, spasmodique, son souffle siffle.) C'est pas possible, poursuit-elle, seul à ce point, tellement égoïste, ça devient de l'infirmité mentale. Parce que tu ne connais pas les sentiments d'autrui, tu ne sais même pas qu'ils existent, parce que tu en manques toi, tu en manques tellement. Et un moment, le manque de cœur, ça devient comme le manque d'intelligence.

— Nie pas mon intelligence, j'avertis.

Elle secoue la tête, toujours assise sur le tapis. Elle nie pas mon intelligence. Un bon point pour elle.

Elle est partie claquant la porte.

Elle s'était moquée de moi aussi, affirmant que sans elle je ne ferais jamais rien. Dans le feu de l'action, des choses m'étaient venues. Les idées me viennent en parlant. J'ai dit que je m'installais à Paris. J'ai prétendu avoir des contrats. Elle s'est foutue de moi. Je pouvais pas laisser ça dans l'état. J'ai fait ma valise aussi sec, j'ai filé à Paris dans la soirée.

Un sourire lent, mais total, étire lentement la bouche épaisse et bleue du Maréchal George Clémenceau Oufiri. Paris...

Il a connu Paris, lui aussi. Pas comme le colonel Jumbo, qui s'active en haut sur Josyane, à un rythme de plus en plus défaitiste, et qui a fréquenté la Sorbonne. Oufiri n'est allé qu'au lycée. A Michelet, dans la banlieue sud. Son père s'est défait d'un troupeau de vaches, tête par tête, tandis qu'Oufiri accomplissait ses études secondaires.

Elles ne lui ont pas été d'un grand profit. Elles ont simplement ruiné la famille. Bachelier, Oufiri n'était apte à rien, et il n'avait pas d'argent pour continuer plus haut. Il a essayé de tenir tout un été. Il se rappelle ses pull-overs qui se perçaient aux coudes. Un mois chauffeur; pas poids lourd, ni « de maître », simplement pour convoyer des vieilles bagnoles, d'un garage à un autre. Il se souvient qu'il allait en banlieue, du côté de Versailles, chercher les véhicules qu'il ramenait ensuite dans le centre de Paris.

Un jour, il s'est arrêté, sur la Route des Gardes, pour boire un pastis, car il faisait chaud. Mal vêtu comme il était, la barmaid lui a quand même jeté un regard doux, ayant vu sa voiture, une vieille Chrysler.

Cela a donné à penser à Oufiri. Il a sorti de sa valise son complet bleu, celui qu'il avait eu pour sa première communion. L'habit le serrait, mais pouvait faire illusion. Le lendemain, Oufiri s'est arrêté, presque à chaque voyage au bar. La première fois avec une 404; les trois suivantes avec des grosses américaines en pas trop mauvais état; la dernière fois avec une Porsche. C'est la Porsche qui a enlevé le morceau. Ils ont foncé sur l'autoroute de l'Ouest, la barmaid et lui, jusqu'au soir. Coït sur un siège baquet. La blonde hurlait de joie.

Etendu sur le lit, les bras le long du corps, les paumes vers le haut, la bouche entrouverte, Oufiri est parfaitement détendu. Il se relaxe scientifiquement, en concentrant sa pensée sur son gros orteil. Il est lourd. Les yeux d'Oufiri papillotent. Il se rappelle la barmaid. Il s'est fait renvoyer au retour. Mais ça avait valu le coup. Les cris de joie de cette Blanche salace! Ensuite, il n'a plus travaillé, il s'est laissé ramasser deux ou trois fois par des vieillardes.

Avec les vieillardes, c'était différent. Comme c'était beaucoup moins excitant, il avait beaucoup moins l'esprit délivré de l'idée de péché.

Il est très sensible au péché. Ce que raconte Butron est con. Ou bien on lui a raconté des conneries. Musulmans contre catholiques au Zimbabwin? Fâcheuse simplification. Lui Oufiri est catholique en diable, et pourtant un des dirigeants les plus solides.

Le sexe, c'est Satan, songe Oufiri. Il s'est fait une

règle de tuer un communiste de ses mains pour chaque maîtresse qu'il prend. Il faut compenser.

Il a été envahi de dégoût à la troisième vieillarde, celle qui se faisait lécher par son pékinois après s'être enduite de gelée de coing. Trois semaines de chômage. Il ne voulait même plus regarder une femme. Il se promenait le long de la Seine avec son rasoir dans sa poche percée, et devant chaque caisse de bouquiniste, les amoncellements de pornographie, Kama-Soutra et autres, lui donnaient envie de se couper le membre.

Il s'est engagé dans l'armée pour échapper au démon. Là tout est ordonné. Saine sueur. Saine dépense d'énergie.

Il a été engagé en Indochine. Parachutistes étrangers. Une vie dure et virile. Peu de sauts. Beaucoup de combats au sol. Des choses absolument fascinantes. Des pièges dans les marais. Des pointes de clous, une demi-douzaine, six ou huit centimètres de longueur, sur une plaque de bois. L'homme qui marche dessus, pataugas ou pas, s'en fout plein la chair. Et, dans la jungle, la gangrène n'attend pas.

Il n'a pas été fait prisonnier, mais il a réfléchi tout seul à la guerre subversive. Ça lui a permis de jouer un rôle de maître dans la lutte de libération nationale du Zimbabwin. Il s'est toujours situé au centre, politiquement. La gauche l'a soutenu contre le népotisme des droitiers. La droite l'a soutenu contre l'aventurisme des sous-officiers qui n'allaient pas tarder à faire scission et à démarrer le M.P.L.Z.

Quelqu'un descend l'escalier. C'est vrai que le sommier ne grince plus, en haut.

Le colonel Jumbo entre sans frapper, faute de

goût. Il a l'air tout à fait épuisé. Il s'éponge la figure avec un très grand mouchoir de soie blanche. Sa peau noire est toute mouillée, on dirait du cuir sous la pluie. Il pousse un gros soupir. Le sourire d'Oufiri s'élargit.

— Elle a joui?

Jumbo hausse les épaules et s'affale dans un siège rustique qui gémit.

— Il n'y a que moi qui sache vraiment comment lui faire, dit le maréchal avec béatitude.

— Plus probablement, dit Jumbo, elle s'est fait défoncer par toute l'équipe de protection; elle réagit plus.

Le froncement qui court entre les sourcils d'Oufiri n'est pas beaucoup plus appuyé qu'une petite ride sur un lac tranquille. Il pouffe.

— T'as raison, fait-il, débonnaire.

Jumbo n'en revient pas, renifle l'air.

— Ah... dit-il. C'est ça...

— Tu veux une bouif?

Jumbo secoue la tête.

— Pur et sans vices, soupire Oufiri. Un vrai Robespierre. Si tu avais été un peu plus vieux au bon moment, tu pourrais gouverner le pays à cette heure.

— Ou pendre dans la cave.

Oufiri s'esclaffe.

Ça saigne plus du tout. Je vous raconterai pourquoi ça saignait. Et je vous parlerai d'Eddy. Je l'ai rencontré à Paris. C'est un ami. Des amis, j'en ai pas fait lourd à Paris. C'est une sale ville. En arrivant, j'ai loué un studio dans un immeuble extravagant, ultra-moderne, à côté du Trocadéro. C'est fou ce que le pognon du père file. Faut investir dans ma personne, qu'elle me rapporte.

La bagnole, par exemple. Je fais un saut aux Champs-Elysées, voir ce qui se fait. Il y a plein de voitures à pas faire attention, y compris les américaines dont tout le monde est blasé. Mais en tous les cas pas d'Ondine, surtout comme la mienne, qui se paie des taches de rouille derrière les poignées des portières et dont j'ai rapé l'aile sur un enfoiré mal garé. Je bazarde vite fait. J'achète une Alfa écarlate, et je mets des décalcomanies, trèfles, femmes nues, mais c'est pas ça encore, je rebazarde donc, enfin je me décide pour une Matra canari, avec des phares escamotables. Là, je ne mets pas de décalcomanies parce que la forme du véhicule est très pure. J'en jette. Je suis satisfait.

Pareils les habits. Je donne dans la flanelle, d'un

gris plutôt clair, donnant l'impression, à distance, que donnent les blouses grises des instituteurs et écoliers de communale. Mais de près l'on constate le coût élevé de la matière. Une surprise qui fait bonne impression. Avec, je porte des chemises à col amovible, des cravates anglaises un peu velues, de petits feutres courbes aux bords roulés. Toujours mes lunettes noires et mes cigarillos. Je peux dire que j'en jette.

Au départ, je connais personne à Paris, que les gustaves de chez Hourgnon, dont je voudrais pas pour balayer par terre. Je vais les voir quand même. Rien à en tirer. On se comprend pas. Tant que je ne suis pas maître-assistant, torturé rhodésien ou émigré hongrois de tendance existentialiste, j'ai rien à espérer de cette boutique. Quand je parle des coups à monter, ils ont mal l'air de comprendre. Fallait pas m'attendre à autre chose. Ils vous reçoivent dans un placard. Ils vous reçoivent en bretelles. Si je leur soumets un petit texte, ils parlent de ce que j'ai voulu exprimer. J'ai rien voulu exprimer, je veux juste gagner. Ça leur rentre pas dans la tête.

C'est en glandant qu'on devient forgeron. Je traînaille à l'Elysée-Store. Je fais des connaissances. Il y a là des personnages. Un représentant en lingerie féminine, sa spécialité a dû lui monter à la tête, il drague les miquettes comme un fou. Il veut faire la figuration. Justement, il est en train de boire une Guinness à mes frais, que deux rigolos pointent, l'un des deux c'est Eddy, je connais pas encore. Présentations.

– T'as une gueule, dit Eddy. T'es libre cet après-midi?

C'est comme ça que je deviens petit rôle dans une

pellicule cochonas. Je joue un gangster élégant. Eddy s'occupe un peu de tout. Le cinéma, il en a fait, mais son vrai boulot, c'est mac. Ses morues et lui (il a un petit troupeau), ça se renvoie les vieux à éponger, les malheureux vieillards ont pas le temps de se voir passer eux-mêmes, pire que les Harlem Globe-Trotters.

   Mon film aussi, c'est quelque chose! Axé délibérément sur le cul; boîte de production domiciliée au Luxembourg pour que la censure française ne puisse pas empêcher l'exportation. Nulle autorisation de tournage, bien entendu. Tout fabriqué dans un seul lieu, la maison de campagne d'un fabricant de papiers et cartons, amant et protecteur de la vedette féminine, qui est une pouffiasse. Son maquereau planté régisseur. Un script de quinze pages, titré « Nuits Sadiques », signé froido Walter Cocsucker, et remanié jour après jour au fur et à mesure des possibilités : Telle copine d'un comédien mâle arrive-t-elle pour passer le week-end avec, aussitôt on lui colle deux jours de tournage, un rôle d'auto-stoppeuse égarée qui vient frapper à la porte de la maison et qu'un mystérieux pervers débite immédiat à la scie égoïne en commençant par le derge. A l'inverse, une des morues qui devait tourner jusqu'au bout se fait la paire en Sardaigne avec un Lybien. Il faut raccorder; on fait un plan où j'entre dans la grange, un sourire satanique aux lèvres; la veille on avait tourné comme j'approchais la porte dans l'intention de basculer la miquette dans le foin. Et là maintenant, mon sourire s'efface, en premier plan apparaissent des pieds féminins assez au-dessus du sol, et sur le mur de la grange se balance l'ombre d'un corps aussi nu que pendu. On doit comprendre que c'est la fille. Quelqu'un l'a tuée. Ainsi, on la reverra plus, on voit juste que je jette un peu plus tard dans un étang un corps cousu dans un linceul. Problème résolu.

En fait, bien entendu, c'est pas la nana prévue dont on a vu l'ombre, vu qu'elle est en Sardaigne, c'en est une autre, mais ça ne fait rien. Personne comprend rien de toute façon.

J'ai vu de pires extravagances, de bien pires substitutions. Une fois sur un autre tournage, des mois plus tard, il y avait une scène de piscine, avec bonne femme dans la flotte, un tueur la coursant sur le bord, très désireux de la noyer, heureux que c'est une scène de nuit, car elle pouvait pas se foutre à l'eau, la greluche, car elle avait ses ragnagnas, il a fallu mettre au bain l'assistant-réalisateur, avec une vaste perruque blonde, heureux que c'est une scène de nuit...

– Chienneries, tout, chienneries, énonce le maréchal Oufiri en s'agrippant au bord de son bureau et en tapant dans le cendrier en cristal de Venise le fourneau de sa pipe en terre.

Le tuyau de la pipe se casse en deux. Oufiri contemple la cassure avec une stupéfaction rieuse. Il pouffe et écarte les paumes dans un geste de monseigneur ahuri.

– Colonel, mon ami, pourquoi faut-il que nous ayons un corps?

Oufiri a avalé cul-sec une demi-bouteille de whisky irlandais. L'alcool lui a fouetté les extrémités. Il se sent lourd et sagace.

– Ce serait trop facile, dit Jumbo, assis dans un fauteuil en face du bureau. Sans corps, ce serait trop facile. Sans corps, pas de besoins charnels. Sans besoins charnels, pas d'Etats, pas de lois. Pas de limites.

– Ce serait chouette, dit rêveusement le ministre.

– Pas de conscience, dit gravement Jumbo.

– Quelle idée bandante! s'écrie le maréchal.

113

— La conscience est l'acte d'outrepasser le limité, cite le colonel.

Oufiri s'effondre dans un fauteuil avec un bruit sourd.

— Je ne comprends pas pourquoi tu n'es pas dans l'Opposition.

Jumbo montre ses dents limées car il sourit.

— Plus tard, peut-être.

— Peau de balle, dit grossièrement son supérieur. Tu t'es fait flic et tortionnaire. Tu ne te déferas plus du régime. Ton nom est honni.

Sa langue trébuche sur les consonnes de la dernière proposition.

Jumbo hausse les épaules. Il entretient des intelligences dans l'Opposition. Il sait qu'il n'est pas aimé, mais il sait aussi qu'il est utile, à cause du pouvoir qu'il a sur des corps armés, qui passeraient sur un signe de sa part, de tel côté, de tel autre.

Oufiri ramasse dans le cendrier le fourneau de pipe intact, d'où monte une dernière volute de lourde fumée aromatique. Il jette l'objet dans l'âtre vide, où il se fracasse.

— Tu penses trop court, colonel. Je ne te parle pas d'un changement d'hommes. Je parle de révolution.

— Même chose.

— Pauvre taré. J'ai vu, au Congo.

Oufiri est allé au Congo, pendant les événements. Il s'est trouvé paumé en pleine insurrection, avec des observateurs de l'O.N.U. Il en est resté marqué.

— Des primitifs, dit Jumbo avec mépris.

— Ils sont pas allés en Sorbonne, ça c'est sûr, ironise Oufiri.

— Qu'est-ce que t'as vu ? Merde, mon excellent ami, qu'est-ce que t'as vu ?

Jumbo est soudainement hors de lui. Il en est ainsi des hommes qui ont une philosophie politique. Ils ne peuvent manquer de se trouver hors d'eux de temps en temps.

— Les Simbas, dit le maréchal. Mon Dieu, ils étaient superbement membrés. Josyane aurait aimé ça. Ils tuaient tout ce qui portait un uniforme. J'ai dû jeter mon stylo, subrepticement. Il y avait une unité d'adolescents de neuf à quatorze ans, avec des armes automatiques, qui fusillaient les possesseurs de stylos Parker. Ils portaient autour du cou des rubans de machine à écrire. Ils occupaient un hôtel très chic. Des bonnes sœurs prisonnières à l'intérieur. Ils n'arrêtaient pas de les tringler, paraît-il. Ils ont chié partout dans l'hôtel.

— C'est ce que je dis. Des sales Nègres primitifs.

— Il y avait un Blanc avec. Un Belge. Un vieux. Complètement fou. Il était sourd. Il affirmait que c'était la faute des avions à réaction. Il tirait sur les avions.

— Un fou.

— Je viens de le dire, fait Oufiri avec humeur.

Les gens qui voulaient me parler, Jacquie, Anne plus tard d'autres, ils se sont jamais rendu compte. Ils me croyaient pareil à eux. Et ils se croyaient pareils à tout le monde. Ils raisonnaient jamais que sur la grande masse. Je me fous de la grande masse. Butron Henri seul m'intéresse, c'est pas la grande masse qui le sauvera. Qu'est-ce que vous voudriez que j'aie de commun avec les mecs des bureaux, des usines? Précisément, me racontait Anne, c'est ce qui prouve qu'il est social, ton problème. A l'en croire, j'étais le produit des circonstances. Qu'est-ce que j'ai pu l'entendre dire, que j'étais le produit des circonstances, et leur jouet. Tous ils reprenaient la chanson. Pour m'excuser. J'ai jamais eu besoin d'être excusé. Ce que j'ai fait, je suis content. J'ai conscience de ma valeur. Car nous étions des gens de valeur. Nous avions rompu avec des choses, avec les idées qui empêchent de jouir. Toutes les idées empêchent de jouir, je dis. Nous étions des gens de valeur. Ce que j'appelle.

Eddy, c'est ça. Question de croûter, il va tout de suite tout droit sur le capitaliste le plus proche, le plus opulent, de préférence fils de famille, de préférence peu dégourdi se croyant davantage, aimant les bagnoles et les filles, et voulant faire du cinéma. Eddy l'encourage, offre à boire, promène le gustave. Le gustave croit connaître ainsi un milieu excitant. Fin de soirée, Eddy emmène Gustave faire poker, chez joueur professionnel, même pas tricheur, juste très habile, épongé le gustave il est. Content de l'être. Cinq, six cent mille francs changent de pogne, Eddy touche son pourcentage, le gustave il est bien content, trouve qu'Eddy connaît des vrais terribles joueurs de pok, il est terriblement content d'avoir paumé, terriblement content d'avoir trouvé plus fort que soi, tellement persuadé de planer au-dessus du niveau, ça le fait rire les coups d'épingle. Une demi-brique canée, coup d'épingle pour le gustave. Faut point qu'il se mette à réfléchir, aussi bien Eddy lui met-il, en fin de soirée, dans les cuisses, quelque gonzesse de son cheptel et dont la langue experte ratisse habilement le méat urinaire du gustave.

Gustave enchanté. Trois, quatre semaines ce jeu. Gustave donner beaucoup pognon pour film d'Eddy, premier rôle au gustave, il y montrera ses bagnoles et sa collection d'armes, on lui dit qu'il a un physique, on le fait sucer tous les soirs, il est content, il raque, un budget est établi, prétendûment pour tout le tournage, tout est dépensé en une nuit, Eddy lui dit le dépassement. De deux choses l'une, le gustave continue à raquer et ça ramène au problème précédent, ou bien il se fâche, le film se fera pas, mais son fric il est bien parti, et Eddy vit bien; du fric il m'en prête, de même il arrose ses morues, il est sans égoïsme, Eddy, il voulait me passer son flingue, j'aurais bien dû l'accepter.

Autre trajectoire, prenez Mouche, fillette blonde aux hanches étroites, maquée avec un blouson noir. A posé pour des photos cochonas, puis des rôles dans les films sexy. Elle rapportait l'oseille à son mec, elle finançait la bande. On les a même fait tourner dans un court-métrage de Eddy, c'était le genre à croix gammée. Quand ils se faisaient ramasser, les flics piquaient tous leurs insignes, sans compter le passage à tabac. Il leur fallait du temps, ensuite, pour récupérer leurs décorations, en traînant dans les marchés aux puces. C'étaient des pièces de collection. A chaque rafle, ils les perdaient. Ils étaient pas découragés. Finalement ils ont fait des coups un peu trop gros, petits pourtant si l'on compare à ceux dont nous parle la presse. Le triqueur de Mouche s'est fait lessiver par les bourres à l'orée du bois de Meudon. Il s'y cachait, il voulut fuir, on lui plomba les hémisphères. Décès dont personne n'a parlé, même pas « Détective ». Mouche est aujourd'hui secrétaire, elle rentre dans le circuit con, elle mourra pauvre, on l'aimait bien.

Comprenez notre organisation de l'existence. On vit richement (on plante des drapeaux partout). On traîne dans tous les coins où traînent des riches capitalistes susceptibles de produire, ou des autres paumés comme nous qui parlent des œufs frais du jour. On en profite pour démarrer des coups ci et là. Les fillettes ont encore des facilités. S'il n'y a pas de film pour elles, elles peuvent toujours carburer au vioque épongeable. Nous autres, sauf cas de pédérastie, on a des problèmes davantage. Moi surtout qui voulais écrire.

Au début, j'avais pensé faire des œuvres très personnelles, très maîtrisées partout, m'occupant de tout. Finalement, après que j'ai joué ce petit rôle que je vous disais, c'est l'horrible période de creux, je commence à craindre pour mes finances, et bientôt je suis trop content qu'un copain me refile, me présentant comme un scénariste bouillant d'idées, à un fabricateur de films sexy. Je lui en écris deux, je les ai pas signés, vu son étonnante conception de la propriété littéraire : « Je vous l'achète, donc il m'appartient, donc je le signe. »

Sympa, au demeurant, bon époux et bon père, aimant le travail bien sérieux. Pas Ravachol, ni Alexandre, pas Lautréamont ni Goya. Mais quoi? Faiseur de films sexy. Le plus honnête d'entre eux, et Dieu sait que j'en ai connus. Je vais pas voir ses comptes annuels. Je sais que s'il y avait un centime tout neuf qui me revenait soudainement, il me téléphonerait aussi sec. Et ça, ça compte foutrement. Je vais point voir les comptes, mais je vais voir le bonhomme, de temps en temps. On cause, on boit un verre. Il me plaît nostalgiquement, parce qu'il a pris la bonne route herbagère, éclatante et mouillée, tandis que Butron glande entre des coups fourrés.

Les Cahiers du Cinéma se permettaient de le mettre en boîte, disant que c'était même pas de l'art.

L'Art, j'aurais des choses à dire. Et les anecdotes et les personnages comme ça, j'en aurais des mille et des cents, sûrement plus que de pognon, tiré du cinéma.

Certains que j'ai fréquentés, je les ai vus bosser sévère. A la longue ils feront carrière. Pas mon genre. Les compétitions truquées, j'en ai ma claque depuis que ma mère m'a chié sur le starting-block.

Dorénavant c'est moi qui truque, j'ai décidé depuis longtemps, j'en suis encore à chercher la bonne façon, mes petits travaux sont du tâton, de l'entretien, connaître les gens. Au bout d'un temps, on se fait quand même inviter à bouffer dans les dix, douze fois par semaine, bien sûr qu'il faut rendre certaines invitations, mais l'un dans l'autre je me retrouve facile la moitié de la bouffe payée.

Le pognon du père barre quand même. Qu'ai-je à foutre? Encore deux trois ans tranquille à ce train-là, autant dire une éternité.

L'existence est organisée. Un week-end ou deux par mois à Rouen. J'y vois Jacquie. On parle de rien. Même pas la sanglante engueulade. Les choses, sauf les histoires d'argent, ça n'est jamais sanglant quand ça se passe pour de vrai, beaucoup moins en tous les cas que quand c'est des affrontements d'idées, je l'ai observé bien des fois.

Les problèmes se sont refroidis entre Jacquie et moi. Elle a gagné un peu de pognon avec moi, elle en gagne à présent faisant des articles sur d'autres sujets. Elle ne me les fait même pas lire, preuve qu'elle ne s'intéresse pas à moi.

Elle, j'aime mieux ça, qu'elle s'intéresse pas à moi. Je m'en voudrais d'intéresser cette pauvre femme; à part au plan de la bandaison, et pour ça elle ne dit point non, et moi non plus, on fait la chose quand ça nous prend, tantôt tantôt.

Nous ne parlons plus d'Anne. Je pense qu'elle la croit toute sortie de mon existence, sa fille qu'elle est jalouse. Je la vois pourtant quelquefois, Anne. Il se trouve qu'elle est à Paris, à faire semblant d'étudier en Sorbonne. Les études supérieures, on sait ce que c'est, c'est surtout aller au cinéma trois quatre fois par jour et le soir à la cinémathèque, avec des accès de politique. Bon, soyons objectifs, il y en a des étudiants qui travaillent, c'est sûr, mais on se rend bien compte que c'est uniquement par bêtise. Et la politique, encore, j'aurais des choses à dire mais je vais pas commencer. Anne elle militait à la fédération des groupes ou quelque chose de ce genre, un morceau de l'U.N.E.F., commandé par Kornak et Guilledou, un métèque et un nain. Ils sont de la race léniniste. Qu'on fasse du désordre, mais dans la discipline. Avec Anne, on va ensemble à une manif, deux. Une fois un sergent de ville est bousculé, son képi passe de main en main. Notre foule emplit le boulevard Saint-Germain. Le képi gicle en l'air, pirouette, retombe, est relancé, parmi les cris et les lazzis, bonheur des bonnes gens aux fenêtres, puis le service d'ordre syndical intervient. L'U.N.E.F. confisque le képi. Soi-disant ça fait pas sérieux. Troupe de cons.

Seules sont bonnes les fins de manifs, justement parce que les organisateurs rentrent dormir et qu'on peut faire un peu de quoi jouir. Je me rappelle un jour. Mot d'ordre débilitant : de la Bastille à l'Hôtel de Ville. Je ne sais même pas qu'est-ce que la foule gueule. J'ai jamais compris les hurlements des grandes masses de gustaves. Ça m'est même arrivé de joindre une manif, croyant qu'ils criaient « Défendre l'Algérie », au lieu que c'était « Paix en Algérie ». Mais cet autre jour dont je parle, quelques charges et la foule se défait. Nombreuse, pourtant. Par petits groupes, on se cavale dans les ruelles. Le soir tombe Place des Vosges. Je suis crevé. J'ai pris des coups de crosse de mousqueton. Les ahuris chantaient La Marseillaise. Allon-zenfants tandis qu'on se trisse en pleine panique, c'est pas absolument la chose à dire pour n'avoir l'air pas finement con.

    Quelque taré harangue les groupes rapides et furtifs. Grande victoire, qu'il dit, alors maintenant, dispersion, qu'il conseille. J'en vois qui prennent le métro. J'en vois bien d'autres qui ne le prennent point. Il y a des démarches qui s'élasticisent, dans les ruelles, hargneusement, vers les Halles, je suis le mouvement. On se retrouve à la nuit noire sur le Sébasto. On est assez pour faire une petite troupe. Peut-être cent, cent cinquante. Sûrement pas la grosse démonstration populaire. Mais rien à foutre de la sudiste. Ce qui nous intéresse c'est chiquer les bourriques. Elles viennent désinvoltes, trique en main, droit sur nous. Un chantier se présente. La chaussée se réparait. Tant de belles pioches, de si belles brouettes, du sable fin, des pavetons. On s'étripe avec allégresse. Un mec devant moi déquille un officier, manche de pioche en pleine tronche, passe à autre chose. L'officier rampe à terre, peu conscient, tout sanglant, je me rue joyeux, je botte la face immonde et qui dégoutte. Rentrant chez moi, entre empeigne et semelle de ma pompe bon marché, je trouve une dent, une canine, net cassée. Il y a du sang plein mon imper. Je bois du gin-citron en jouant avec la dent d'agent. Profonde satisfaction. Mon âme est très légère. Je me fous de la politique, mais il y a de bons moments dans la vie.

Le colonel Jumbo écarte les lattes du store vénitien, se rappelle fugitivement, quasi-inconsciemment, que des gens font ce geste, dans des films américains de série B; il regarde la nuit qui est bleue. Cela aussi appartient aux films américains de série B, les gens qui attendent l'aube. Le colonel Jumbo a vu un grand nombre de films américains. Il se demande s'ils ont une influence sur son personnage. Il aimerait, c'est vrai, être une sorte d'Humphrey Bogart réel. Et nègre, ajoute-t-il en pensée, s'adressant à soi-même. De là, ses idées dérivent légèrement, parce qu'il se rappelle qu'un publiciste scandaleux laissait entendre que Bogart était fortement membré. De là, Jumbo se met à penser à sa propre verge, incapable d'émouvoir Josyane, et pourtant bien grosse. Il pense également à Aimé Césaire, qui ne rate pas une occasion de parler de Nègres fortement membrés. Il faut dire que le background culturel immédiat y prête. Mâbré, avec le A nasalisé, est un adjectif laudatif courant en créole, pour exprimer la puissance d'un homme. Salaud de Césaire, pense Jumbo. Son esprit revient à Josyane, avec lassitude. Sueur et viande blanche. Besogne. Toute l'équipe de protection l'a enfilée. C'est l'explication de son inertie. Jumbo se console mal.

– Ou-Ah, Houah! fait le maréchal Oufiri qui s'étire et bâille.

– Tu dévapes, George? interroge Jumbo.

Oufiri hausse les épaules. Il ne sait pas.

– Quelle heure est-il?

– Quatre heures quarante.

– Bien, soupire Oufiri d'un air de profonde satisfaction. Dans douze heures, tout ça sera tellement loin. Nous boirons du thé à la menthe, ou du cacao, bien chaud dans des bureaux bien frais. Tu es triste, mon petit Jumbo?

– Sais pas. J'en ai marre de tout.

– C'est parce que tu commandes les services secrets, si l'on ose dire. Préfet en brousse, tu te remettrais à espérer.

Jumbo tourne vers le maréchal ses yeux jaunes, histoire de savoir si c'est une menace qui vient d'être énoncée, mais non, le maréchal est plus avunculaire que jamais, il philosophe sans hâte.

– Qu'est-ce que tu penses que ça va faire, demande Jumbo, en fait de troubles intérieurs, cette histoire N'Gustro?

– Je peux me tromper, dit Oufiri sans avoir l'air de le croire, mais si ça nous fout un peu en état de crise internationale, même la gauche ne bougera pas. Ils sont nationalistes avant tout. Si c'est des étrangers qui nous accusent d'avoir fait des misères à leur leader, ils s'écraseront.

– Les politiques, oui, fait Jumbo, mais les autres?

– Les autres ignorent jusqu'au nom de N'Gustro.

N'Gustro est un politique, le genre de remous que ça peut provoquer, c'est une grève de professeurs.

Jumbo ricane. C'était le but recherché par Oufiri. Le maréchal sourit avec ses grosses lèvres bleues. Grève de profs : superbe cocasserie.

— Pourquoi écoutons-nous cette connerie ? demande sauvagement Jumbo, par un retour d'humeur, désignant le magnétophone.

— Ce Blanc est si stupide, soupire bienheureusement Oufiri. Je me sens grandir à vue d'œil quand je l'écoute.

Un soir, je me rappelle c'était au *Tournon*, le bar rue de Tournon à une vingtaine de mètres du palais du Luxembourg, où il y a de paisibles vieillards le jour, je ne sais s'ils sont sénateurs, et la nuit c'est plutôt la bohême internationale. J'arrive avec Anne, par hasard nous avions dîné ensemble, elle a voulu m'accompagner, je me demande ce qui la travaille.

Je me rappelle qu'il y avait trois Américains de ma connaissance en terrasse, deux qui étaient de redoutables joueurs de poker et qui vivaient d'ailleurs de ça, un autre qui était en balade, un fou de corridas, il venait de descendre en stop en Espagne, rien que pour voir de quoi il retournait à propos d'El Cordobes, dont on parle beaucoup à cette époque. Il vient de rentrer, je lui demande alors son avis de visu, il crache entre les incisives vers le ruisseau, c'est un mec qui chique, il dit que non, c'est du soufflé, de la merde, le Cordobes, dit-il, son truc c'est de se frotter contre le taureau après le passage de la corne, de sorte que tous les putains de spectateurs lui voient le giron plein du sang de la bête. Pour le reste, merdouille. C'est bien ce qu'il m'a semblé.

En tout cas, bref, on salue les boudins alentour, je donne un toscanelli au guitariste beatnik qui se fatigue sur le trottoir, et on se rentre; j'aperçois Eddy avec un gros mec blond hilare qui promène sur toutes les choses deux petits yeux roses. Une éponge boche à ratisser. Eddy cligne que c'est pas le moment, je hoche et je passe. Deux boudins flanquent le boche, j'imagine leurs mains voltigeant côté brayette.

On se faufile jusqu'à un coin libre. Anne semble pas trop contente de l'ambiance et des bousculades. On commence à boire le coup. Je vois le boche de Eddy, Eddy lui-même et ses boudins qui se lèvent pour partir. Eddy sort et revient aussitôt en vitesse.

— Je lui parle de toi, question de filmer l'histoire de ta vie avec toi-même dans ton propre rôle, débite-t-il en tapant sur mon dos avec sa paume. Il chope.

— C'est juste pour ratisser, je fais, ou c'est sérieux?

Il repasse déjà la porte.

— *Quien sabe?* il crie, disparaissant.

— Tu vas à Rouen, le prochain week-end? me demande Anne très vite.

Je hoche.

— Tu pourrais emmener un copain?

Très vite, elle parle, très vite, comme ça. Je me dis qu'il y a une anguille dans le pastis.

— Qu'est-ce qu'il a ton copain? Il est pas blanc?

Elle pique un fou rire nerveux.

– Pour ça, non, il n'est pas blanc.

Elle glousse. Foutriquette. Mais j'ai vaguement compris. Les babouins sont de retour, les babouins du Zimbabwin, digue-digue. Bon, je veux bien, moi qu'ai-je à foutre?

C'est ainsi que je me suis retrouvé roulant dans la Matra canari, le week-end suivant, le samedi, au côté d'un gros Nègre tout noir, avec des petits carreaux fumés et une moustache comac; il ressemblait un peu à Arthur Taylor, le batteur, en plus enveloppé, moins bien sapé.

Elle l'a livré avec des airs de conspirateur, Anne, son singe. Elle doit prendre ce genre d'air avec tous, parce que le Nègre m'observe entre ses dents, si j'ose dire, l'air de se demander si je suis quoi ou qui exactement, important ou pas. Nécessairement on cause, de Paris à Rouen il y a le temps. Je laisse entendre que je suis plus important que je suis en vérité. Un de mes vices, certes, mais rarement inutile. Il faut se faire aussi gros que les bœufs, dans ce monde de grenouilles.

– Pas de cargaison avec, ce coup-ci, je fais à peu près avec un petit rictus en coin, sur mon cigare.

Il me rend le rictus. Il doit avoir des problèmes. Il me croit au courant. Ça le soulage, cet homme. On stoppe et je paie le scotch. Il souhaiterait un citron pressé ou un coca, mais je laisse pas faire. Il doit pas avoir l'habitude. Il s'envape très vite. Son front luit sous le beau soleil. Un gros radis noir à l'huile. On reroule. On cause encore. Paf qu'il est, il se déboutonne facile.

Schématiquement, ils arrivent plus à expédier leurs flingues, les joyeux drilles, voilà ce que j'apprends. Mon gustave-là doit prendre langue avec un commandant hollandais, mais sans grand espoir.

– Je verrai ce que je peux faire, lui dis-je.

Il me regarde avec espoir.

Je le crache à Rouen, je passe un week-end normal mais ça me travaille. De retour, je passe des coups de fil. C'est comme ça que ça a vraiment commencé pour moi, le coup N'Gustro, mais j'en savais encore rien, je partais juste pour me faire mousser un peu, qui peut dire si j'ai fait une connerie ce jour-là? Certes mon sort ce soir n'est point enviable, mais c'est du provisoire. Les chiens courants vont comprendre leur douleur. Butez-moi vous n'y changerez rien.

– Ça devient interressant, dit le colonel Jumbo qui se retourne vers le magnétophone, les sens en alerte.

Bogart seigneur de la jungle. Edgar Rice Burroughs. Merde.

– Non, non, détrompez-vous, soupire Oufiri quiètement. Ça ne deviendra pas intéressant, si c'est à des testaments planqués que vous pensez. Nous avons récupéré le premier objet, comme vous savez; et il représente le maximum que Butron pouvait entreprendre dans le genre. Butron n'est pas entreprenant. N'était pas entreprenant. Des idées, rien que des idées seulement dans sa petite tête blanche pleine de lait.

Le maréchal fait voleter sa main ouverte au-dessus de sa propre tête pour signifier davantage encore qu'il utilise le mot idée dans son sens péjoratif. Il ajoute :

– Butron parlait beaucoup. Disait toute sorte de choses intéressantes, au total. Quatre-vingt-dix pour cent de conneries, mais il se rattrapait sur la quantité, en ce qui concerne les choses dites. Mais pour les actes, zéro.

– Exceptionnellement..., commence Jumbo.
– Zéro! tranche le maréchal. J'en ai la certitude psychologique.
– Ça n'existe pas.
– Que si.
– Je ne m'y fie pas.
– Normal. Tu es flic. Moi, je suis un politique. Tu es trop praticien, trop bas. J'ai de la hauteur de vues. Et je ne me trompe pas sur la psychologie. Les humains sont mon turf.

Jumbo semble près d'ajouter quelque chose, puis se résigne. Oufiri le regarde d'un air vaguement rigolard.

– Tiens, regarde, dit-il. Je sais ce qui se passe dans les psychologies. Tu te tais parce que tu te dis que s'il y a bien un testament quelque part, tu es couvert, il n'y a pas que moi qui aurais des pépins, parce que ce sera un scandale politique. Toi, tu t'en fous; de nous deux ce n'est pas toi le politique.
– Allons, George, allons, fait Jumbo.

Salaud, pense Oufiri. Ne cherche même pas à dissimuler que j'ai touché juste. Se prétend mon ami. Oh, va chier, qu'est-ce qu'on peut attendre d'autre? Pas d'amis. Amis, amis, tu rigoles! Dans les rouages de l'Etat, des amis? Dans les rouages, gare à ta bite et Dieu pour tous.

Ce public-là ou un autre...

– C'est ce qui fait ma supériorité sur toi..., fait le maréchal mauvais joueur.

Cependant, peut-être Jumbo n'a-t-il laissé entendre qu'il était d'accord que parce que l'idée que tu lui suggérais soudain, il l'a trouvée séduisante, une bonne porte de sortie pour son personnage. Peut-être a-t-il cédé à une vraie lassitude, ni plus ni moins, mais tes phares lui ont mâché l'itinéraire à suivre, l'attitude à avoir pour apparaître inentamé, une peau de vache. Flic. Incurable romantisme.

– C'est ce qui fait ma supériorité sur toi, est en train de dire le maréchal... Je nage dans le concept. Nous nageons en plein paradoxe. C'est toi qui as étudié les philosophes dans leur Sorbonne, mais c'est moi qui me suis hissé en direction du concept, tandis que tu plongeais de plus en plus profondément dans la matière physique de l'historiographie contemporaine, dans ses sanies.

– Quoi? Qu'est-ce que tu dis? fait Jumbo abasourdi.

– Ainsi, poursuit le maréchal sans ralentir, prends notre échange de tout à l'heure, et aperçois que tu ne parvenais pas à concevoir la disparition de la coercition armée, de la police, tandis que d'être allé au Congo me permet d'envisager la destruction de l'Etat.

– George, George, fait Jumbo en secouant amicalement la tête.

– Il y a somme toute une notable différence de niveau entre nos intelligences, Jumbo, fait Oufiri. Je ne dis pas que tu sois bête. Mais tu fais un métier abêtissant. Tu ne peux même plus baiser.

Le ministre-maréchal est entièrement conscient du fait que sa dernière assertion n'a aucun rapport avec son exposé précédent, mais il dit ça parce qu'il désespère de faire du mal à Jumbo, et il a pourtant le sentiment qu'il est nécessaire de se venger de quelque chose que Jumbo lui aurait fait.

Mais voyez comme le hasard aux hommes joue des tours. Jumbo, décidé à ne pas penser à son échec sexuel auprès de Josyane, ne peut cependant éviter, attaqué de front qu'il est, d'évoquer son propre membre; et, son système psycho-somatique prenant la première porte de sortie qui se présente, il se redresse en sentant dans son froc le poids de sa queue mollement enflée et :

— Si tu es sûr, je te laisse juge, il faut que je pisse, dit-il.

Je me rappelle vaguement les phrases parce qu'elles ont un beau son épique, je les prononce au téléphone, mon bada en équilibre sur mon genou gauche, un coude sur une tablette en noyer.

Mon téléphone est blanc. Ce que je voudrais mieux m'acheter, c'est un machin qui tient debout, avec le cadran au cul, de préférence couleur fraise, comme on voit aux films amerloques.

Le reste, ultra-moderne, mobilier scandinave, moquette, murs blanc cassé, et un seul truc au mur, une reproduction d'un Nicolas de Stael, ça représente un port, je ne sais plus lequel, c'est assez génial en tous les cas, et c'est harmonisé avec les coloris du mobilier, le bleu, le beige, le blanc.

Mais je vous disais : je me rappelle les phrases : Tu peux me donner le téléphone de DaCunha à Francfort; allô mademoiselle, je voudrais un préavis pour Stockholm.

Des choses comme ça.

Tout trempe dans tout. En une semaine, j'ai mes repères. Je file vers l'endroit où j'ai ramené mon Nègre, après ses pourparlers rouennais; dans le XV$^e$ arrondissement de Paris, pas loin du square

Adolphe chose, Chérioux ou Cherrioux; vers l'ouest, vers les petites rues bideuses, genre Croix-Nivert, où tartissent des teintureries, tailleurs, merceries, plein de juifs ce coin, mélangés avec des kabyles, jamais d'émeutes, allez comprendre, j'y ai connu un tapis dans la cave duquel on avait liquidé des harkis au marteau, une certaine époque, mais passons.

Le nom de mon mec, seul repère, je cherche sur les boîtes aux lettres métalliques dans l'entrée moisie de l'immeuble lépreux. Le nom du mec : Goyésmith. On peut difficilement faire mieux. Je me rappelle mon rire nerveux qui me secouait tandis que je mate les noms des boîtes.

Pas de Goyésmith, mais je vois des boîtes avec au moins six noms qui sentent leur chimpanzé d'une lieue, genre Alceste N'JoMwélé, Léonide Gambada, Darling Absinthe, Fabrice DelDongo, tout ça. Je sonne. Voir.

Les deux types qui viennent m'ouvrir ressemblent à des petits gangsters de cinéma, de l'Elisha Cook Jr goudronné si vous voyez ce que je veux dire, petits Nègres à costume très serré, chaussures pointues comme des enclumes et bicolores, cravates blanches sur chemises noires, carreaux noirs. Nonobstant point enfouraillés, c'est visible. Je demande le dénommé Goyésmith Anicet, ils se gratouillent sévère l'occiput, exactement comme des singes, savoir ce que j'y veux ou peut-être cherchant des petites bêtes comestibles, en tout cas grande palabre, on finit par me faire introduire que j'attends.

La pièce a des allures de petit salon miteux français, mais il n'y a pas de table, et au-dessus de l'espèce de buffet, au lieu d'un sous-bois avec des cerfs ou d'une Diane faux marbre, il y a une grande carte de l'Afrique et des grands bateaux dans des petites bouteilles.

Un des frères Bandarloque est allé prévenir, l'autre s'est assis comme moi sur une chaise canée et fait mine de lire son journal « Le Monde », mais me mate suspicieusement par-dessus le bord de la feuille. J'allume un cigare.

Au bout d'un moment, entre l'Amiral.

Je n'ai jamais pu l'appeler autrement, ce doit être l'ambiance des bateaux dans les litrons, en plus il porte une sorte de complet croisé à boutons dorés, j'ai l'impression qu'il est amiral, voilà tout.

C'est un Nègre énorme, la corpulence et la morbidesse de Welles dans « Touch of Devil », une grosse belle tête cylindrique à cheveux crépus blancs et barbe idem, de gros yeux, à la Welles jeune dans « Macbeth » cette fois. Montagne de chair. Très haute. Bien plus grand que moi qui suis pas petit. On vit en contre-plongée perpétuelle avec ce gustave.

Je n'ai jamais su l'histoire de l'Amiral. A vue de nez, il approchait la cinquantaine, encore qu'avec les Nègres, c'est difficile à chiffrer. Donc il avait dû avoir une vie, qui était derrière lui à présent. Je le voyais pas militant, il avait trop l'air amiral. En même temps, pas chefferie traditionnelle, il semblait tellement occidentalisé. Ce qu'il évoquait le plus, négritude mise à part, c'était un révolutionnaire sud-américain revu et corrigé par Hollywood avant que les Amerloques fassent des complexes au sujet de Cuba. Ceux qui ont vu « Bandido » de Richard Fleischer me comprendront, il avait, l'Amiral, un style à la Gilbert Roland, multiplié par plusieurs quintaux de viande, et noir, et quinquagénaire, avec un zeste d'El Supremo dans « Capitaine Sans peur » de Walsh. Bon, ça évoque pas grand-chose qu'un sacré bordel. J'ai dû mal m'expliquer.

En tous les cas, bref, j'ai jamais cherché à savoir sa vie. Faut laisser sa part au rêve, pas vrai? quand ça risque pas de vous coûter de l'argent.

L'Amiral s'avance vers moi. Sa démarche évoque le vacillement des temples en proie aux premières trémulations séismiques, dans quelque début de cataclysme antique. Ses gros yeux roulent et me jaugent. Les deux faux tueurs l'encadrent, prêts à le soutenir et à l'approuver, me regardant fixement d'une façon vitreuse.

– Anicet Goyésmith n'est point là, dit-il.
– Je reviendrai, dis-je.
Mais je ne bouge pas.
– C'était à quel sujet? demande l'Amiral.

Je lui explique. Ce que j'ai appris d'Anicet. Ce que je peux faire pour lui. Ni plus ni moins que lui refournir une filière pour ses petites machines, avec les gens que je connais, on a l'habitude de passer de la pellicule en fraude, alors pourquoi pas des mitraillettes, j'ai arrangé la chose, elle est possible pour peu que tout le monde s'y retrouve financièrement.

L'Amiral m'écoute en battant des paupières par-dessus ses yeux striés de rouge. Il semble sur le point de s'endormir. Il se retire pour conférer. Avec qui? Avec lui-même, je suis sûr. Il revient, c'est d'accord. Il n'est guère prudent, trouvé-je; je pourrais être n'importe quelle sorte de provocateur. Ça, ça m'a toujours tué dans les histoires de guerre secrète, libération nationale et autres joyeusetés, une tant grande absence de sérieux.

— Vous pouvez revenir? me demande l'Amiral.

Je hoche.

Je suis revenu, le mardi et d'autres jours ensuite. L'affaire s'est montée. Avant même qu'elle soit bien emmanchée, l'Amiral m'entretenait à la *Coupole*.

— Vous êtes un homme de ressource, Butron, disait-il à peu près. J'ai entendu dire que vous aviez un passé comme ci, comme ça. Au sujet des armes elles-mêmes, pourriez-vous faire quelque chose?

— Les armes elles-mêmes?

— En procurer, peut-être, hasarda le gros barbu en se gavant de confiture de goyave.

J'ai dit oui en faisant la moue pensive, sans savoir pour de bon, pour pas dire non. Ce faisant je continuais de plonger tête la première, mais je n'en savais rien; je continue à croire que j'ai bien fait; malgré tout, oui, si c'était à refaire, je recommencerais, j'en suis bien sûr.

Le colonel Jumbo n'entend pas la voix de Butron. Il reboutonne son pantalon dans un parallélépipède de blancheur aseptique, après avoir uriné. Il fume une Kool, une cigarette à la menthe, dont il aime le goût frais. Et il trouve ça chic.

Pour accéder à la toilette du rez-de-chaussée, on franchit une porte coulissante décorée d'une photo de fille nue, grandeur plus que nature. Une géante à la lèvre humide, à l'œil ombreux, salace. Baudelaire. On ne pourrait pas se permettre ça. Beaucoup plus puritain que la vieille Europe, en fin de compte. Le sous-développement, c'est ça : élite seulement préoccupée d'argent, bagnoles américaines crème, rose fraise, une sérieuse dose de répression mentale, qui s'exerce sur la population, aussi bien s'exerce sur les élites. Le colonel Jumbo pousse un soupir lent. Méprise l'occident, mais une chose de bien, le sexe. Moyen de communication entre les êtres, entre les peuples. Plutôt que des investissements industriels, des filles, pas des putes, des filles distinguées, sveltes avec de petits seins, un beau parler, comme des étudiantes, certaines étudiantes que j'ai connues à la Sorbonne; mais mieux encore, d'autres filles qui n'avaient même pas besoin de faire des études supérieures, j'en ai vu de telles qui allaient quand même à l'école d'interprétariat, car parents diplomates, elles avaient un tel air, si anglais, teint de pêche, boucles or, connaissent même pas les vices ou peut-être, impossible de savoir, je connais une chouette contrepéterie, l'Afrique est bonne hôtesse, égale la trique est bonne aux fesses, on rouait encore les gens pour sodomie, au XVIIIe siècle en France, du moins c'était inscrit dans le code. Jumbo jette sa Kool consumée à travers la lunette et s'assied sur le siège avec lassitude.

Ah bah. Bah. Pfft.

Il va falloir assigner à résidence tous les leaders syndicaux, quand ils apprendront que...

Je regarde la gueule du commissaire, j'hésite, puis, malgré tout intéressé, je m'efface et lui fais signe d'entrer. Il a une tronche mi-figue, mi-raisin. Je m'en fous bien de tout ce qu'il pense, je suis assez écrasant d'opulence, du moins pour lui qui m'a connu auparavant, j'ai une robe de chambre chinoise à présent, tout soie, rouge sombre un peu violine sur mon pyjama sans col, d'un noir d'encre, j'ai mis mes verres pour aller ouvrir.

Moi mis à part, la baraque n'a pas changé. Le décor où papa vécut moisit dans la pénombre, comme aujourd'hui.

Goémond accepte une tasse de café, allons ce n'est pas grave alors, me dis-je; mais le voilà avec ses airs protecteurs et sévères.

– C'est toujours quand tu fais des conneries que je viens te voir. Si tu crois que je ne préférerais pas autre chose. Je t'aime bien, Butron, tu sais. Mais tu as revu le colonel Battistini. Pour ce que ça t'a rapporté la dernière fois...

Je réponds rien.

– Je vais te dire, fait Goémond, j'irai jusqu'à dire que ça pouvait encore se défendre autrefois, ce que tu faisais, même si vous étiez dans votre tort, à présent vous le savez et il n'y a pas à y revenir, tu ne crois pas? Mais maintenant ce n'est plus rien, Battistini, il tripote du côté du Congo Belge, mercenaires et tout ça. Fais attention où tu mets les doigts.

— Réellement, Goémond, je fais, je ne comprends pas très bien où vous voulez en venir.

Je souris naïvement. J'ai appris à sourire. Trop tard. Il regarde le décor.

— Tu n'aères donc jamais? Ça sent le lapin.

Le con puant.

— Con puant, énoncé-je.

Il fait semblant de pas entendre.

— C'est vrai, tu n'es jamais là, dit-il. Je parie que depuis la mort de ton pauvre père, tu n'es même jamais descendu à la cave.

Coup de châsses perçant. Les yeux perçants comme des tapis. Je ne sais pas pourquoi, ces blagues connes me font toujours marrer.

Mais là maintenant, je me marre pas. Le con puant, lui, rigole.

— On peut descendre ensemble, je coupe, si vous avez un mandat.

Il s'offusque, puis prend immédiatement l'air navré.

— Allons, Butron, allons. Qu'est-ce que ça peut te rapporter d'être mal poli?

— Je suis pas mal poli. Vous avez rien vu encore, trou de pine.

Son nez devient violet. Cet appendice chez lui bourgeonne avec l'âge. C'est la première fois que je l'ai remarqué.

La joie immense que c'est d'offenser un bourre.

Tuer serait mieux. J'ai lu quelque part qu'au siècle dernier, en des temps de convulsion sociale, les habitants de certains quartiers de Paris organisaient gaillardement de bienheureuses chasses aux flics. Heureux temps.

Goémond, il est parti bientôt après, marmottant dans son menton des choses au sujet de détention d'armes. Bourrique.

L'incident m'a réveillé. Car j'étais endormi. C'est curieux comme certaines périodes inspirent une sorte de sommeil de l'âme. Je pionçais des quatorze heures par jour, que ce fût ici ou à Paris. Le turf tournait. J'avais mes contacts scandinaves pour embarquer la marchandise, et, par Battistini, l'homme au passe-montagne dont j'ai mentionné la présence à propos de mes pépins O.A.S., je pouvais avoir de l'explosif et des maquina. Le M.P.L.Z. payait rubis sur l'ongle. Ma finance était saine. Le calme plat, pendant des mois, ça me donna curieusement sommeil. Je passais toutes mes journées dans mon élégant studio, à lire des livres et à répondre au téléphone, sauf quand j'enlevais les plombs de l'engin, à force des gens qui appelaient, Eddy qui cherchait une piaule, une miquette en cloque, on savait ma générosité, j'ai toujours été généreux avec ceux qui le méritent.

Bref je dormais. Vie de somnambule. Quand je sors de chez moi, je sais à peine où je vais. Je bois énormément de Guiness. J'erre dans mon quartier la nuit, compissant les monuments, notamment celui où il y a le gustave de pierre avec sa petite pancarte de merde : L'Art, c'est inscrire un symbole dans un dogme, ou quelque sombre péterie du même genre.

En tout cas, là maintenant, l'incident Goémond me réveille, et comme un bonheur n'arrive jamais seul, en admettant que s'éveiller soit un bonheur, j'en doute, à mon retour à Paris, l'Amiral demande à me voir, à la *Coupole*, il prend des airs méchamment conspiratoires pour me demander savoir si je veux être garde du corps d'une personnalité révolutionnaire, de passage incognito à Paris.

Garde du corps, il ne m'a pas regardé; je suppose que ce sont toutes ces histoires de mitraillettes qui lui ont donné une fausse idée de moi; encore une; on n'en sort pas. Je dis oui parce qu'il me demande ça comme un service. C'est parti l'affaire N'Gustro.

Promis je relate à présent. C'est d'ailleurs mon intérêt. Que ce soit clair. Qu'on sache ce qui s'est passé, et ce par quoi Butron passa.

Au moment où j'ai répondu oui à l'Amiral, quant à faire le gunman, j'ignorais tout de l'homme à encadrer. N'Gustro n'était qu'un nom. J'en savais ce que vous en saviez avant qu'éclate l'affaire. Peut-être un peu plus tout juste. Beaucoup de gens je suis sûr ignoraient s'il était ministre, ou opposant, et de quel coin. Moi, j'avais entendu parler, au Q.G. parisien du M.P.L.Z., et parmi les mecs qui m'aidaient à prendre livraison des armes fournies par Battistini, les entreposer dans mes caves de Rouen, les véhiculer ultérieur, de la cave jusqu'aux grands cargos, ainsi ça s'en allait vers l'énorme Afrique, et comme la première fois, d'abord par camions bientôt par porteurs, ça cheminait la brousse, allait semer la mort dans les jungles humides, pour la plus grande joie des téléspectateurs de Cinq Colonnes à la Une ou autre.

Quoi qu'il en soit le nom de N'Gustro fut souvent prononcé en ma présence. Je n'y prêtai guère attention. J'étais pas du genre écouteur, dès qu'il s'agit de politique. Je savais juste vaguement, à force, qu'il était de notre côté, sorte de leader comme on les fait maintenant dans le Tiers Monde, avait voyagé en Chine, à Zanzibar, au Caire. Photographié derrière une table, souriant près de Mahommed Babui, embrassé par Guevara, accueilli par Chou En Lai, couronne de fleurs autour du cou à l'aérodrome.

Son idéologie au juste, même à présent je ne saurais vous dire. C'est au pied du mur qu'on voit l'ours en cage, N'Gustro n'eut jamais l'occasion de se faire voir ainsi. Ses amitiés allaient aux peuples de couleur en lutte contre l'impérialisme, comme on dit. Ça ne veut rien dire, ça couvre aussi bien Castro, Boumedienne, Mao, Ho, Malcolm X et même Hourgnon et Jean Ferrat.

Bref, c'était de lui qu'il s'agissait. Il se propageait un peu partout, avec des stages en Zimbabwin, clandestoche, dans les bases de guerilla, les plus proches de la frontière pour pouvoir filer si ça chauffe, en fait j'en sais rien, je dis ça par pure médisance, mais ça m'étonne si je me trompe, il n'était rien qu'un dirigeant.

Que je dise pourquoi j'ai accepté, même si ça va de soi, l'Amiral semblait me prendre pour un homme de ressource. Il était juste comme les miquettes au Lycée Corneille, quand je faisais Sciences Ex, revenant de guerre et de taule. Les on-dit suffisaient pour qu'il me vît plus grand que nature. Et moi, j'étais flatté.

– J'aime mieux vous que mes jeunes nègres sans expérience, me disait l'Amiral tandis que je m'extasiais de nouveau sur la ressemblance frappante d'un des serveurs de la *Coupole* avec Léon Zitrone, le pauvre loufiat.

– Il faut que vous sachiez, me souffle donc l'Amiral. Il s'agira de Dieudonné N'Gustro en personne.

Comme je vous ai dit, je sais mal qui c'était, j'hausse donc les épaules et dis bon d'un ton égal, il dut prendre ça pour du nerf. Il parut satisfait et je l'étais aussi.

Six jours plus tard, aérodrome, tout le bastringue, une lourde voiture noire, je veux dire une Mercedes assez neuve nous amène à la cambrousse, pas très loin d'Ozoir-la-Ferrière dans l'est de Paris, je veux dire à l'est de Paris, vers une vaste villa genre maison de week-end, qui appartient au M.P.L.Z. Il semble que c'est là, les conférences secrètes du mouvement.

L'Amiral grand barbu est là sur la pelouse, en boubou pour la circonstance, le vilain snob. D'autres quadrillent le gazon, les petits durs du XVe, je vois mon copain Goyésmith, en complet blanc, des taches incroyables sous les bras, l'entrecuisse, partout, la sueur c'est son truc à lui, décidément.

Je suis quant à moi dans l'auto, j'ai pris l'air dur, il faut. Un Nègre complètement taré est au volant, ne parle qu'en patois de là-bas. Je suis à côté. Sous mon aisselle dans une bretelle mexicaine (fournie par Eddy), je trimballe un mastard flingue (fourni par l'Amiral), un automatique Colt, copié je crois sur le Browning 1915, en tous les cas ça pèse dans les kilos, c'est pas avec ça que tu dégaineras western, papa. N'importe. La sueur coule de sous mon chapeau et huile mon visage buriné, accentuant les méplats. Il y a du Lee Van Cleef en moi. Parfait.

Derrière sur la banquette, tassés, N'Gustro et deux femmes qui le flanquent. Ghyslaine, petite blonde de dix-huit ans, l'œil averti, doit sucer comme une salope, de très petite taille, un bassin étroit, à se demander comment il la pénètre, le leader, mais je suppose qu'il y en a qui aiment ça. Et côté gauche, Doudou, jolie quarteronne à lunettes secrétariales, c'est sa femme d'affaires, quand j'énumère ça sonne comme un catalogue de bordel. Je n'y peux rien. Doudou et son attaché-case, et ses petits airs. Sa peau café m'excite. Eux excités par les Blanches, nous par les Négresses, malédiction!

Semble qu'il y aurait moyen de s'arranger, à réfléchir, genre échange standard. Ils nous enverraient toutes leurs en-ébène, on leur balancerait toutes nos petites blondes. Vivre dans le Sud des Etats-Unis avant la guerre de sécession, ils ne devaient pas s'embêter.

Ghyslaine lui tient son parapluie.

J'ai pas voulu dire une obscénité. C'est son parapluie qu'elle tient. Son parapluie noir. Allons bon. Entre ses jambes. Allons bon.

Je suis assez satisfait d'avoir le cœur à plaisanter. J'ai le moral. Le moral est chez moi ce qui flanchera le plus tard. J'ai mon cigare entre les dents, je regarde le plafond blanc. Il y a cette odeur de moisi et la pendule qui fait trouc-trouc. Je n'ai pas d'arme. J'ai refusé celle d'Eddy. Eh bien, je suis capable encore de rigoler.

On arriva donc dans cette gentilhommière. Et tous ces mecs sur la pelouse, avec des flingues déformant les poches de leurs vestons. On descendit, pas un pli, on entra après les embrassades d'usage, l'Amiral avec son boubou tenait à éteindre le grand chef, ils mélangèrent leurs sueurs et se sucèrent la pomme. N'Gustro portait un complet blanc tout blanc.

On but le café et les liqueurs. Je le devinai seulement, car relégué sur les arrières, je l'avais mauvaise à l'office.

Un moment après, on fit entrer des étrangers, et là j'ai repris du service, l'œil aux aguets, la mine altière.

C'était conférence de presse. Des journaleux plein le gazon, on donnait ça dans le plein air, avec petits fours et sorbets. A la veille de partir pour la Havane à la conférence tricoco, vous voyez le genre, tricontinentale veux-je dire, inutile que je me fasse plus bête que je suis, mais ça m'énerve tellement, des fois.

– Monsieur le Président, que pensez-vous du régime de Pékin?

– Je vais répondre à la question que vous posez et à la question que vous ne posez pas.

Rires.

– D'abord, je n'aime guère l'expression régime de Pékin. Vous ne dites pas régime de Washington en parlant de votre gouvernement. Je pense que personne, hors des réunions officielles, ne contestera que la République Populaire de Chine est une entité et un fait; tandis que le régime de Taiwan, eh bien, on ne peut l'appeler que comme ça... Régime de Taiwan. Alors bien; vous me demandez ce que je pense de la République Populaire de Chine, et je vous répondrai que son gouvernement nous a reçus amicalement, et avec intelligence, après avoir considéré notre existence avec intelligence également, et avec amitié. On ne peut en dire autant d'un certain nombre d'autres régimes, pas plus légitimes pourtant que celui de la République Populaire de Chine. D'où vient cette différence d'attitude ? Je vous laisserai le soin de répondre à cette question.

» Maintenant je répondrai aussi à la question que vous n'avez pas posée. Le Mouvement Populaire de Libération du Zimbabwin est-il inspiré par les Chinois, et a-t-il l'intention de suivre une politique directement imitée de celle de la Chine, lorsqu'il aura libéré son pays ?

» Et je réponds : Nous ne sommes inspirés par personne, sinon les masses souffrantes du Zimbabwin. Et nous ne nous identifions à personne. Il y a des expériences, de par le monde, dont nous faisons notre profit. Et je veux dire aussi bien que la République Populaire de Chine, d'autres pays. Aussi bien la Suède que Cuba.

« Et nous n'imiterons personne, pas plus la Suède que Cuba.

» Parce que le Zimbabwin a ses propres problèmes. Et qu'il dit donc engendrer ses propres solutions.

(N'Gustro lève le doigt et le menton. Un silence.)

– Certes, il y a une chose dont nous ne nous départirons pas, parce que les masses ont manifesté clairement qu'elles ne souhaitent pas que nous nous en départissions, et c'est le socialisme.

» Eh bien, de ce fait, si je devais définir brièvеment quel est le programme de notre mouvement, et quel est le souhait formulé par les masses du Zimbabwin, je dirais le socialisme, mais un socialisme adapté à la matière sur laquelle il s'exerce, aux problèmes qu'il attaque. Un socialisme ni Cubain, ni Chinois, ni rien, un socialisme Zimbabwite. Et quant à nos amitiés, elles se nouent avec ceux qui se montrent amicaux.

(Fin abrupte de la réponse. Murmures appréciateurs. Moi, j'aime assez, dans le genre. Le genre fumier.)


... Ça continue ainsi longtemps.

Je rôde. Ça devient un peu informel au bout d'un certain temps. Je passe des petits fours à des journalistes.

– Monsieur le président, si vous preniez le pouvoir, comme vous êtes considéré à tort ou à raison comme un partisan des formes totalitaires de gestion, les capitaux se retireraient du Zimbabwin. Comment envisagez-vous l'économie du Zimbabwin réduit à ses seules ressources?

Ce n'est pas Roger Priouret. L'homme a même l'air moins intelligent.

– Cuba s'est débrouillé, dit N'Gustro. La Guinée aussi. Pourquoi pas nous?

Il ne satisfait point.

– Monsieur le président, qu'est-ce que vous pensez du racisme?

C'est un juif qui pose la question, et pas du tout ami des chattes, vous pouvez m'en croire, un juif du genre antisémite, lunettes rondes et tignasse collée.

– Il pose aux Blancs un sacré problème, fait N'Gustro. C'est bien leur tour.

Rires nerveux.

– Vous êtes peut-être pour les émeutes? fait l'autre. Eh bien, dites-le!

Il semble hors de lui.

– Je suis pour les émeutes, dit N'Gustro, à condition qu'elles soient bien organisées.

– Je vous remercie! hurle le mec.

Il plie bagages. Je suis en train de remuer ma glace dans mon scotch auprès d'un autre Américain.

– C'est Defeckmann, il me dit sans que je lui demande rien; presse pourrie.

– Pourrie, pas pourrie, je m'en fous, lui dis-je en m'écartant.

Je regarde Defeckmann qui là-bas regrimpe dans sa Nash. Il n'a pas l'air hors de lui pour deux ronds. Il a fait ça comme un numéro de cirque, le journaliste de droite qui se met en colère. Un personnage qu'il doit cultiver. Son affaire. Chacun gagne son bifteck comme il peut.

– Ce type est un malade.

C'est encore l'autre Amerloque qui vient se remêler de mes affaires. Je toise. Quarante-cinq ans maxi, complet tergal pas coûteux, tout froissé, lunettes, il ne lui manque que la pipe pour ressembler à son propre portrait. Je mate, amusé. Une variété d'intellectuel de gauche qui m'avait été épargnée jusqu'ici. Plus cinématogénique que la locale. Mac Carthy et toutes ces histoires, ça fait chic; puis forcément, comparés à Mac Carthy, ils ont eu l'air automatiquement moins con.

– Vous êtes Henri Butron? Si je peux me permettre...

Je hoche. Il se présente aussi sec. Il a l'air content. On se demande pourquoi.

– Ben Debourmann, il fait.

Vigoureux shake-hand, comme on dit. Il a les dents jaunies par le tabac et sourit sans arrêt. Je hais les gens qui sourient sans arrêt.

– Monsieur le président, fait-il sur ce, profitant d'un trou de silence. Monsieur le président, pensez-vous que la politique américaine peut changer, et je pense notamment à ce qu'il faut bien appeler la politique coloniale des Etats-Unis?

– Il y a partout des hommes épris de paix, dit N'Gustro, et notamment aux Etats-Unis.

Cette chose, il la répète sous une douzaine de formes différentes. Il va même jusqu'à avoir un mot aimable pour feu Kennedy, ce chien. Je suis déprimé.

D'autres questions, d'autres réponses, bouillie. Il fait de plus en plus chaud. Debourmann me parle et je ne l'entends pas. La conférence est terminée. Quelques personnes demeurent pour un bavardage amical. On finit les choses en famille, à boire. Debourmann est toujours là. Je me demande s'il ne faudrait pas le fouiller, mais je vois Doudou, la biznesswoman à N'Gustro, qui lui pompe la main, ils se font même la bise, bon, il est de la maison, je retourne au scotch, qui est délectable. J'ai trop bu toute la journée. Je suis absolument trempé par une sueur épaisse et collante. Je ne pense à rien, je ne sais pas ce que je vais devenir, je pense à la vieillesse.

Le crépuscule vient, amenant un peu de fraîcheur, et nous rentrons dans la baraque. Les portes-fenêtres demeurent béantes pour se payer l'air frais du soir. On fait un petit repas, on reste qu'une douzaine; cette fois je ne suis pas relégué dans les communs. L'Amiral fait le maître de cérémonie. On dirait un druide avec sa barbouze et son boubou. N'Gustro est aimable avec tout le monde, cinq minutes de gentillesse à l'adresse de chaque tête de pipe en particulier. Il me dit des mots aimables, qu'il est content de voir ici des visages blancs, que ça signifie Solidarité, il parle pour moi et Debourmann mais je reluque Ghyslaine, à propos de solidarité. Incroyable ce qu'elle peut bouffer, cette délicate petite pute. Je me la ferais bien, mais elle est trop loin, puis ce ne serait pas de bonne politique. Je m'intéresse alors à Doudou qui est ma voisine. C'est une gaillarde. Le coup de reins doit être nerveux. Je reste là à causer vaguement, à bouffer du Roquefort, à boire toujours et à me palper distraitement mes érections sous la table, avec le côté de mon pouce. Tout ça ne me fait pas fort bander. C'est bien ce que je disais.

Après le repas, le kaoua, les liqueurs, tandis que des cigares longs, étroits, verdâtres et bizarres se fument, l'Amiral complètement marteau fait une flambée dans l'âtre. A voir son petit air satisfait sur sa face cernée de blanc et toute dégouttante de sueur, le voir accoudé à la cheminée, je vois son coup, il aurait fait un bon guide pour touristes, il est très fier de la baraque, mais pour lui la touche finale n'y est pas, à ce délicieux bâtiment, si ça ne flambe pas haut et clair dans l'âtre européen, sous les poutres apparentes. Pauvre négro exotiste.

On crève, du coup. Personne se plaint. Au

contraire, tous semblent s'attendre à quelque chose de charmant, et tenez-vous bien, mon N'Gustro se lève, avec un petit soupir parce qu'il s'est sérieusement calé la sous-ventrière, il va prendre la pose vers le feu et :

— Je crois que je voudrais dire quelques mots, il murmure.

Tous aussitôt de trépigner.

— Oh oui! Monsieur le président! Oh oui! Dieudonné! Un poème, un poème, Dieudonné un poème!

Les morues sautent d'enthousiasme, Debourmann applaudit d'avance, l'Amiral *item*. Je clapote aussi des mains ou je vais avoir l'air bizarre. Un sourire las et avunculaire se met à éclairer les traits marqués et nobles du grand singe. Il ferme les yeux et joint les doigts sur son bide plein d'intestins en travail.

— Je ne sais si ce sera un poème, dit-il, ou de simples paroles. Ce sera peut-être, que sais-je, un acte?

Et il y va comme il le dit, s'interrompant à peine çà et là pour une quinte de toux, parce qu'il faut bien dire qu'elle tire mal, la cheminée :

Hier! il fait d'une voix de stentor.
Hier...
Hier ils sont venus les singes pâles issus de l'eau
Piaillant et piaffant et piquant pâles et parachutistes
Et fusiliers marins qui fusillent et qui sacrent
Et nous avons fait grand juju

Mais...
Mais ils ont continué à piaffer et piailler piquer et fusiller
Jusqu'aujourd'hui...
Et aujourd'hui et aujourd'hui et encore aujourd'hui...
Se sont effacés les singes pâles issus de l'eau
Sont rentrés dessous l'eau Agoué-Taroyo
Serpents dissimulés non poissons Agoué
Et ils ont laissé leurs représentants les hommes du grand juju d'antan à leur place
A leur place piaillant piaffant piquant foutant et fusillant
Jusque demain...
Mais demain...
Demain nous pêcherons à la grenade
Demain O Agoué nous purgerons le flot
Demain nous ferons le grand juju qui cuira les poissons pâles les poissons singes O Africa
Demain...
Nous ferons le court-bouillon des peuples!

Voilà, ça y est, il a fini. Ovation.

– Quel con, ce Dieudonné! s'écrie le colonel Jumbo.

– Eh... Je ne sais pas, soupire le maréchal Oufiri en secouant doucement sa lourde tête crépue. Il y a là-dedans quelque chose...

– De la merde, dit Jumbo en s'asseyant lourdement sur un pouf.

– Merde toi-même, petit policier.

Il ne dit pas ça méchamment.

– Toi aussi, George, dit Jumbo. Tu as beau dire. Toi aussi, tu n'es qu'un flic.

– Je suis homme d'Etat.

– C'est pareil.

– Non. Ça marche ensemble, mais ce n'est pas pareil.

– Dis-moi donc ce qui est le mieux.

Jumbo sourit, découvrant ses dents limées. La haine de l'hyène, pense le maréchal en veine de poésie, the rain in spain, la reine d'Espagne, il y a une chanson comme ça avec quelque chose d'obscène dedans, une histoire de membre. Il sourit en retour à Jumbo.

– Ce qui est mieux, c'est l'homme d'Etat.

Jumbo fait une moue curieuse. Il ne s'attendait pas à être offensé de front. Qu'est-ce qu'il a donc ce soir, le maréchal?

Le lendemain matin, j'ai une gueule de bois effroyable. Le pire est que je me réveille aux aurores. Je ne sais si ça vous fait ça, moi l'alcool m'empêche de dormir, j'écarquille aux premières lueurs, plus moyen de refermer.

J'attends un moment, l'impression d'avoir mangé du plâtre. J'allume un tronc, l'effet est horrible, j'ai le mal de mer. Ce qu'il me faudrait : une accorte servante nègre avec des fossettes lombaires, qui m'apporte du café noir et qui soit disposée à une petite partie de jambes en l'air. Ça dessoûle et ça lasse délicieusement, de sorte qu'on peut se rendormir, tandis que là maintenant pas mèche, surtout qu'avec ces pensées que j'ai, il me vient des érections si grosses que presque douloureuses. J'imagine le Dimple Haig se concentrant dans les vaisseaux de mon membre. Et si ça éclatait ?

Bon. Revenons à nos moutons noirs. Pas de soubrette, pas un bruit, pas un geste dans la maison. Je me lève, boucle l'holster resté accroché à la chaise à mon chevet, je descends sans me raser, je n'aime pas me raser, je me rase qu'un jour sur deux, en règle générale, ou alors un jour le matin un jour soir un jour point, et on recommence.

Je descends à l'office. Il n'est que sept heures et demie. Tout pionce y compris le personnel. J'ai la flemme de faire du kaoua. Je prends la grosse Mercedes, pas désagréable à conduire, je vais à Ozoir-la-Ferrière et je me tape un petit déjeuner bien lesté dans une hôtellerie pour touristiches, qui traite aussi les agriculteurs de l'aube.

Je découvre un tilt Gipsy Queen, un modèle que j'adore à quatre flippers, avec des cartes à jouer qui s'allument; elles forment les cases d'un carré géométrique, de sorte qu'on peut composer, horizontalement, un carré (je parle cette fois de la valeur au poker), ou, verticalement, une suite de quatre cartes. L'un ou l'autre donne une partie gratuite, et bien entendu on peut aussi en faire aux points si on arrive à allumer les Specials. Très excitant. Ce modèle est malheureusement de plus en plus difficile à trouver. Les tilts, c'est comme les bagnoles, il y a une excitation de la nouveauté perpétuelle et les modèles anciens, une fois usés, sont remplacés par d'autres, bien que ces autres ne soient pas toujours supérieurs; pour moi, le Gipsy Queen est la Bugatti du billard électrique. Mais inutile de pleurer sur le lait renversé. Ce qui se passe, c'est que je reste plusieurs heures dans cette hôtellerie de merde, tant la machine m'excite, et je n'arrête d'ailleurs pas de gagner.

Je bois des petits verres de rhum. Il faut se soutenir et, somme toute, un peu d'alcool raide, c'est le mieux à prendre, un lendemain de cuite. Combattre le mal par le mal. On en meurt ou on en est tout revigoré. Je n'en suis jamais mort. Le mieux c'est de l'absinthe sur de la glace, mais on n'en trouve plus, c'est comme les Gipsy Queens ou les Bugattis, ou les œuvres de l'Art. Eddy, tous les matins, il se tape une chope à bière, pleine de six œufs battus et de Martell. C'est bon mais c'est copieux.

En tous les cas midi approche quand je regagne la grande maison. Tout le monde est debout, je veux dire levé mais plutôt assis sur la pelouse avec des parasols et du café. L'Amiral, lequel a remis son costume genre Nelson, me fait un signe irrité avec sa grosse tête quand je ramène la Mercedes et que j'en descends.

Au moment où je suis en train d'avancer sur la pelouse, entre le garage et le lieu où tout le monde bronze et ripaille, un Noir maigre et jeune, pas plus de vingt ans, franchit d'un bond la haie extérieure à base de prunus et fonce nach N'Gustro en gueulant comme un âne.

Je suis paralysé de le voir sortir de son veston un couteau de cuisine entièrement métallique, tellement affûté que la pointe en est comme une aiguille à tricoter.

Sans parler du fait que je suis un instant paralysé, le Colt 45 automatique est comme je vous ai dit très lourd et je mets un temps fou à le sortir tandis que je cours à mon tour, en braillant je ne sais pas quoi ni pourquoi.

J'arrive sur l'objectif mais tout est terminé. Si l'assassin s'était ramené en silence, il aurait eu peut-être une chance, mais à gueuler comme il a fait, paraît-il des choses mal polies dans le dialecte de là-bas, tous les gustaves y ont sauté au nez. N'Gustro est à peine ému. L'Amiral superbe et furieux tient le spadassin par un bras et deux singes mineurs par l'autre, la redoutable lame est sur le gazon, le prisonnier hurle, pleure, bave, et tente de donner des coups de pied dans les honneurs de l'Amiral.

Il faut tout de même que je me rende utile. Je me pointe sur le mec et je lui écrase la crosse de mon flingue au milieu de la figure, sans passion. Les cartilages du nez pètent que c'en est légèrement écœurant. Le sang gicle dans tous les azimuts. Je prends le pied, chaussé très pointu, du mec en plein dans les parties. Douloureusement je cogne avec un peu de rage. On est obligés de me maintenir aussi sans quoi je le finirais. Je m'assieds sur la pelouse avec un terrible mal aux choses. Le mec doit souffrir plus que moi, ça ne me console pas. Debourmann est parti téléphoner aux flics.

N'Gustro se tire vite fait, il a un avion à saisir, pas qu'il rate la Conférence Tricontinentale pour connerie d'enquête.

Tout s'arrange dans les jours qui suivent. Le spadassin n'est qu'un désaxé. Des histoires tribales. Je ne comprendrai jamais rien à ce merdier.

Enfin, l'un dans l'autre, même en retard, mon intervention violente a fait bonne impression, je crois. L'Amiral me regarde désormais d'un drôle d'air, comme les profs autrefois de retour d'Algérie. Il y a toujours eu en moi une violence qui effraie.

Quelques jours plus tard, on se voit avec Eddy parce qu'il a conservé dans un coin de sa tête l'idée qu'on écrive un scénario sur ma propre vie. Il se plante dans mon intérieur avec un quelconque boudin, on s'accroupit dans les coussins, on déglingue un litron, s'apprêtant à parler; je raconte l'affaire de la grande maison, comment N'Gustro s'est fait attaquer et comment j'ai réglé son compte à l'assassin. Eddy est terriblement excité par la possibilité qu'il entrevoit là d'éponger le M.P.L.Z. pour faire des films de propagande.

– Tu te fourres le doigt dans le mou, j'y fais. N'Gustro est un homme qu'on n'éponge pas.

J'ignore ce qui m'a pris de lui dire ça.

– J'ai de meilleures idées, dis-je. Le N'Gustro, faut le vendre. C'est un personnage. Il faut éponger un autre ringard sur N'Gustro (Tout en parlant je m'échauffe). C'est l'idée.

Eddy est pas d'accord, tout d'abord. Je dois le convaincre.

– Tu vends Landru facile, il me soutient, mais tu ne vends pas les hommes de gauche. Les types à pognon, ils ne vont pas t'aider à creuser leur tombe en faisant de la pub pour les révolutionnaires.

– Et « Viva Villa »? Et Zapata? Vera Cruz, tout ça? C'est pas de la révolution qui se vend, peut-être? La révolution fait vendre, mon bon.

– Tu imagines pas un film sur Castro, dit-il, obstiné. Tu imagines pas les Américains plongeant là-dessus, par exemple.

– Parce qu'ils sont aux prises. Mais l'Afrique. Personne sait même très bien où ça se trouve, qu'est-ce qui s'y passe. Un grand continent avec plein de Nègres qui se battent, tu peux être sûr qu'ils choperont la trique. L'essentiel c'est d'adopter un ton humaniste.

– Tout de même, Castro...

– Attends qu'il soit mort, ils feront des films avec.

– L'idéal, ce serait que N'Gustro soit mort.

On s'est marrés. On n'aurait pas dû. J'ajoute que je dois réfléchir, voir un peu les choses, prendre des contacts de divers côtés.

Le jour d'après est un samedi, je vais à Rouen, je me revois, j'emporte la machine à écrire, et des tas de photos qui peuvent donner de l'inspiration. Je crois beaucoup à ce système, quand on écrit une chose quelconque, d'imaginer des personnages avec des gueules d'acteurs qu'on connaît, par exemple, ou même d'autres célébrités. Vous vous dites : Et si Elizabeth Taylor était enfermée dans la cave d'une maison écroulée, en même temps que Nasser et Michel Jazy. Vous creusez un peu ça, et paf vous avez une intrigue pour n'importe quoi.

Là ce que je fais c'est un peu différent, j'essaie de me mettre dans l'ambiance des masses. Je veux dire que je sais bien que N'Gustro est ennemi du culte de la personnalité, alors si on lui propose quoi que ce soit, il faut qu'on montre parallèlement sa vie et celle des petites gens, qu'est-ce que c'est être un Nègre, à notre époque, en Afrique, et tout ça; donc je m'étale autour de moi des photos de brousse et de jungle, des animaux sauvages, des photos de manifestations nègres, puis je mets un disque de chants africains et je gamberge. J'étais dans cette même pièce ici où je suis à présent.

Juste au moment où je sens venir l'inspiration, ça sonne à la porte. Je vais voir, peut-être pas de très bonne humeur.

C'est encore Goémond! Mais il n'est pas seul ce coup-ci. Avec lui il y a un type grand et carré, d'allure riche et bien conservé, beaucoup de pèze, un peu de sport, il me mate d'un air avenant, je me méfie toujours dans ces cas-là. Il n'a pourtant pas l'air d'être un autre flic. Goémond le présente comme un monsieur.

– Monsieur Laveuglant.

Je fais entrer, mais à peine.

– Je viens en voisin, s'explique Goémond, et puis M. Laveuglant avait envie de te connaître.

Le Laveuglant, en attendant, je le retiens. C'est tout juste s'il ne me bouscule pas, à s'introduire très tranquillement, ouvrir la marche, entrer dans mon bureau, feuilleter les photos. Je l'ai assez mauvaise mais un sixième sens me retient de le foutre à la porte à coups de pied dans le train. Je sens là de la puissance. Un monsieur à qui personne ne marche sur les parties, parce que c'est lui qui vous ferait mal, si vous lui faisiez ça. C'est intéressant à connaître, ce genre d'oiseau. Il me parle de N'Gustro.

– Je m'intéresse bien à tout ça, fait-il, onctueux, je m'intéresse en amateur.

Amateur de quoi, il dit pas.

– J'ai su votre rôle récent.

– Mon rôle?

Comme un con je pense au cinéma. Il me remet droit.

– Votre rôle au moment de l'attentat. Vous avez maîtrisé ce jeune dément.

Merde, me dis-je, ma parole, un barbouze.

J'ai des instincts pour ce genre de trucs.

Laveuglant poursuit ses bavardages à la crème.

– J'ai des affaires au Zimbabwin, il dit. C'est pourquoi je suis l'évolution politique de ce pays avec une compréhensible attention. Tout ce tumulte est si fâcheux. Parfois on a l'impression que c'est la mauvaise volonté qui est le moteur de l'Histoire. Si les gens se comprenaient mieux, il y aurait moins de malentendus, de violence et de destructions, comme l'a souligné le grand philosophe Leibnitz. De mon côté, je fais de mon mieux dans le sens de l'apaisement et de la protection des biens et des vies humaines. Si N'Gustro repassait par la France, vous devriez bien me faire signe, avec les relations que j'ai, ce serait un jeu d'enfant que de lui fournir une protection parfaite.

Il ajoute qu'il croit beaucoup à mes propres capacités mais que deux précautions valent mieux qu'une et que tout le monde a intérêt à connaître tout le monde. Un étrange méli-mélo. Je sens qu'il a un sens caché. Je suis assez méfiant.

– Si vous vous méfiez de moi, ce qui serait bien naturel, ajoute Laveuglant, vous pouvez demander au colonel Battistini l'opinion qu'il a de moi.

– Ah bon, je fais, vous vous connaissez...

– Nous avons été adversaires, mais maintenant c'est du passé, à présent il faut se serrer les coudes.

Des phrases comme ça, qui n'ont pas de sens, qu'un sens caché, que je ne vois pas. Ils s'en vont bien poliment. Moi aussi je suis bien poli. J'ai l'impression que j'ai intérêt; mon sixième sens...

Je me remets à mon travail qu'ils m'ont un peu dérangé. Plutôt que de prendre des notes, je laisse mon esprit s'évader, je réfléchis à des foules d'idées qui me viennent. En ce moment-là, j'ai été sûr qu'on allait le faire coûte que coûte, le film sur N'Gustro.

J'ai bien rarement des enthousiasmes, je crois bien que ç'a été le dernier, mais les rares fois que j'en ai eus, j'aime assez partager ma joie. Aussi je prends mes dossiers sous mon bras et je vais en toucher un mot à Jacquie, d'autant qu'elle pourrait m'être utile, elle doit connaître d'autres gens que la bande à Hourgnon, dans le même genre de secteur, aptes à s'intéresser à mes projets.

Elle est chez elle. On cause. Elle veut me brancher sur des cons. Elle voudrait faire les dialogues. En lui demandant si des fois elle m'a pas regardé, je me rends compte que le rapport des forces s'est virtuellement renversé en ma faveur, puisque maintenant c'est elle qui voudrait bien travailler pour moi, ça prouve bien que je peux faire mon trou, avec cette histoire de N'Gustro.

On se quitte d'assez méchante humeur, du moins elle.

Je rentre à Paris le dimanche, avec ma documentation, et tout de suite dans la soirée je me mets à chercher Eddy, parce que finalement, c'est de son côté que viendra le flouze, j'en suis persuadé. Je m'arrête à l'Elysée-Store. Manque de pot : Eddy a épongé un gustave juste la veille, il est parti en repérage, il veut faire un film de vampires dans la neige, le type est fabricant de skis, il s'est emballé sur l'idée; ils sont partis ensemble, avec deux trois tranches de boudin, à Garmisch. Je connais ce genre de plaisanterie. Ça peut durer la semaine. Je suis agacé sévère. Au même instant je tombe sur Debourmann au Lido.

Comme je n'ai rien à foutre, je le laisse m'offrir une Guinness, qu'on boit debout à une des petites tables dans le passage. Par hasard je lui dis mes idées et mon problème. Il chope aussitôt. Il prétend avoir des ressources, au plan du financement, des gens qu'il connaît depuis toujours un peu partout dans le cinéma américain, milieu de gauche, on a eu l'impression qu'ils étaient tous virés par Mac Carthy, en fait à part quelques-uns ils sont recasés à cette heure, étant de l'intelligentsia finement amère et finalement bien vendable. Donc Debourmann a beaucoup d'amis qui peuvent agir en notre faveur, du moins il le dit.

Aussi sec dès le lendemain nous allons voir des gens idoines. Certains sont intéressés. Ça commence à prendre tournure. J'y croyais ferme quant à moi. Que les illusions sont tenaces! Mais était-ce bien des illusions? On m'ôtera difficilement de l'idée qu'il y a eu des pressions occultes.

Pendant une période, c'est l'euphorie. Ben s'est installé chez moi. Je tape à la machine comme un fou pendant qu'il nous ouvre des pamplemousses. Entre deux pamplemousses, il lit ce que je fais. Quelquefois il opine, mais la plupart du temps il me fait, par sa critique, de précieux apports. Il a un sens inné des effets. Et il dégage bien les idées qui doivent être défendues dans mon œuvre. Par exemple le pouvoir de la presse libre s'opposant au pouvoir de l'Argent. C'est évidemment une idée complètement burlesque, mais les gens aiment bien ça, ça se vend bien, donc je suis tout à fait d'accord pour qu'on le mette.

Debourmann, lui, il a d'ailleurs l'air d'y croire pour de vrai; j'approfondis pas la question; à quoi servirait qu'on se fâche? C'est rien qu'un autre intellectuel. S'il fallait que je me fâche avec tous les intellectuels, où est-ce que j'irais?

Rapidement on a un scénario dialogué, avec dedans tout ce qu'il faut pour faire choper la trique à un producteur un peu libéral. On retourne voir le mec qui était le plus favorable. Il n'est plus du tout d'accord, il ne veut même pas lire le texte, il est incapable de donner ses raisons.

On va voir les autres. Même tabac.

Pile en sortant déconfits de chez un, on tombe sur Defeckmann, le journaliste irascible de la conférence de presse de N'Gustro, qui nous propose de nous déposer quelque part. Justement ma Matra est à la vidange, j'accepte malgré le masque de Ben, qui décidément porte point l'autre dans son cœur.

On roule.

– Comme ça, dit Defeckmann, vous êtes amoureux de ce Nègre?

Je lui dis d'aller foutre, que là n'est pas la question, qu'il est question de faire un film et c'est tout.

Il dit que nous n'avons pas songé aux conséquences.

Quelles conséquences? Je ne le suis pas. C'est des menaces ou quoi?

C'est du sérieux, dit-il. C'est à cause du fait que N'Gustro, quels que soient ses qualités personnelles, il est un allié objectif de la subversion mondiale, du totalitarisme. Si N'Gustro triomphait, en admettant qu'il ne soit pas lui-même intégralement pro-soviets, il aurait déclenché un processus qui ferait rapidos du Zimbabwin une dictature communiste et antisémite. Dans les rangs mêmes du M.P.L.Z., il y a force éléments jeunes qui sont communistes et même pro-chinois, et qui entraîneraient la révolution toujours plus loin, jusqu'au délire belliciste, raciste, et contre la liberté.

— Or, dit Defeckmann, la liberté, c'est ce pourquoi je lutte et toujours lutterai.

— Ta liberté, s'écrie le libéral-marxiste Debourmann, c'est la liberté pour le riche d'opprimer le pauvre. C'est la liberté individuelle dans des conditions d'asservissement collectif. Nous, nous voulons la liberté collective, que le plus grand nombre soit délivré des fléaux naturels et sociaux, et tant pis si certaines individualités provisoirement pâtissent.

Ça me paraît le bon moment pour me mêler à la mêlée en citant la phrase de Marx, à peu près que le communisme rendra impossible tout ce qui existe indépendamment des individus. Je pensais apaiser les deux gustaves, mais pas du tout, Defeckmann prend l'air furieux et affirme que ce n'est sûrement pas de Marx, et Debourmann dit : « Ou alors du jeune Marx », avec une expression critique. Moi j'en sais rien et après tout ils me font chier.

Je n'écoute plus ce qu'ils disent. En gros, Defeckmann et Debourmann s'accusent mutuellement d'oppresser je ne sais qui. Peut-être moi. Je m'endors.

De toutes les façons, à quoi bon les discussions comme ça ? En quelques jours elle apparaît, la vérité à poil, savoir que plus personne ne veut produire mon film. Je maintiens qu'il y a eu des pressions, et il n'est pas difficile à présent de deviner d'où elles venaient. Je ferai toute la lumière.

– Finalement, fait observer le colonel Jumbo, peut-être qu'il n'a rien compris. Peut-être était-il inutile de le tuer.
– Et après? fait Oufiri.
– Il n'a même pas compris le rôle de Defeckmann.
– Il n'a certes rien compris, soupire le maréchal, mais il savait deux ou trois choses. Le coup de l'entrevue, notamment.
– Je suis ennemi des meurtres inutiles, dit Jumbo d'un air fat.

Il souffle sur ses bagues et les frotte contre le tissu de sa veste, côté gauche. Puis il les contemple, satisfait de leur brillance.

– Son meurtre sera mis au compte des services français, observe le maréchal.
– Ils nous en voudront.
– Entre services, on ne s'en veut pas, sauf si c'est nécessaire. Quelle importance? L'affaire N'Gustro est terminée.

Le colonel a un regard en coin, à demi volontaire, vers le sol, c'est-à-dire, au-delà du sol, vers la cave.

Le maréchal secoue la tête.

Jumbo saisit un de ses ongles entre ses dents et mord, provoquant une cassure. Il tire sur la rognure avec ses dents, de sorte qu'elle se fend en croissant. Quand la faille a fait le pourtour de l'ongle, le croissant se détache. Jumbo le crache dans un cendrier avec un petit bruit de bouche, puis contemple son ongle rogné, avec satisfaction.

— Il est toujours vivant? N'est-ce pas? fait-il.

Oufiri ne répond pas.

— Pourquoi? demande le colonel.

Oufiri hausse les épaules.

— Je fais durer le plaisir.

— Un plaisir, hein? dit songeusement Jumbo.

Il hoche lentement la tête, c'est plus un dodelinement qu'un hochement. Il est affligé. Il recommence à ronger ses ongles.

Je fonce sur l'autoroute de l'Ouest. J'ai le masque. Ça se présentait pourtant bien. Quoi foira?

J'ai Anne à côté de moi dans la Matra. Elle m'a demandé de la mener à Rouen, qu'elle voie sa mère. Elle respecte mon silence rageur.

En arrivant à Rouen, je ressens brusquement que tout me dégoûte. Je n'ai pas envie de revoir la maison familiale, encore moins de m'y enfermer, pour quoi foutre, voir ma gueule dans les glaces, écrire des débilités, sortir boire. Sans même réfléchir je propose à Anne qu'on s'arrête pas, qu'on poursuive notre chemin, tout droit jusqu'à la mer. Pour je ne sais quelle obscure raison, elle accepte. On ne peut pas dire qu'il y ait des rapports passionnels entre nous mais je crois que dans l'instant d'autrefois où je l'ai subjuguée, j'ai dû lui marquer mon empreinte plus profondément qu'elle croit. Donc nous traversons la ville aux moches banlieues, la demi-lune de Maromme et tout ça, et nous piquons vers Dieppe, dès que nous pouvons, échappant à la Basse-Seine industrielle, aux usines et aux chaussées à pavetons. Je n'ai aucun sentiment particulier à l'égard de la Nature, je n'aime les paysages sauvages qu'à voir au cinéma, je tolère les pelouses s'il y a à boire, mais en tout cas ça vaut mieux que les crasses et les banlieues; donc je me détends peu à peu à mesure que nous roulons vers les verdoyantes ondulations de terrain qui marquent l'extrémité occidentale de la boutonnière du Bray.

Instinctivement, j'ai mis le cap sur la plage où on a fait connaissance, Anne et moi. Lorsqu'on a ne serait-ce qu'un tant soit peu besoin, ou au moins un peu de goût pour une présence, il faut savoir avoir des petites attentions, surtout si c'est une présence féminine, les femmes ne comprennent bien que les petites attentions, ou alors la grande passion mais c'est pas mon style, ou alors il y a des types comme Eddy qui se permettent tout parce qu'ils peuvent tout se permettre, ce n'est pas une question de magnétisme, c'est que d'une certaine façon, ils ont des besoins extrêmement limités, l'objet de leur désir est indéfiniment interchangeable, et ça les morues le sentent, elles ressentent la précarité de leur situation, et si elles veulent obtenir quelque chose d'Eddy, elles savent qu'elles ont intérêt à s'écraser. Anne ne s'écraserait pas, certes. Mais aussi Eddy ne l'intéresserait pas, ni lui elle ne l'intéresserait. Vérité en deçà, erreur au-delà; comme ça tout le monde est content.

Nous descendons à la plage et nous y passons la journée. Un moment je vais chercher des frites à une gargote, et des saucisses. On se repose. Anne babille. On écoute son transistor. Je lance des pierres. Je m'emmerde.

D'un seul coup la radio parle du Zimbabwin, du moins indirectement : disant que le président César

Pandore se rend à Evian pour prendre les eaux; on rapproche ce séjour de la présence à Genève de Dieudonné N'Gustro, secrétaire général du M.P.L.Z.; le président Pandore songerait à remanier son gouvernement à la suite des troubles universitaires de Soukh et de Médina, et à y faire place à des personnalités de l'opposition; interrogé à ce sujet, Dieudonné N'Gustro a démenti avoir eu des contacts avec le Palais; il a souligné que son voyage à Pékin était maintenu pour la fin de ce mois, et qu'il serait donc absent d'Europe au moment où le président Pandore effectuera sa cure.

Ouais, me dis-je, mais il n'y a pas de fumée sans feu. Un arrangement politique au Zimbabwin n'arrangerait pas mes affaires. Parce que le petit héros de mon scénario y perdrait pas mal des plumes de son auréole. Ainsi, je me surprends qui pense encore instinctivement comme si j'allais monter l'affaire. Si j'avais su ce qu'il allait se passer, j'aurais pas su s'il fallait rire.

Dans la nuit même, comme on s'est quand même décidés à regagner Rouen, et comme je tartis seul devant une chope de vodka, le téléphone sonne, c'est l'inter, et qui est au bout du fil? C'est M. Laveuglant.

Voulez-vous passer à mon bureau lundi? il dit, ce bon M. Laveuglant. Je lui demande pourquoi, à ce bon Laveuglant. Il ne veut pas me le dire, mais il affirme que je n'aurai pas à le regretter; il fait des allusions au cinéma. Je fais des rapprochements...

Bref nous sommes convenus que je passe lundi, et j'y vais.

Il a un beau bureau, Laveuglant, de la grosse moquette par terre, de la grosse glace pour les portes, du gros bois pour les meubles, des grosses totoches pour la réceptionniste dans l'antichambre. Je suis reçu tout de suite. Le bon monsieur n'y va pas par quatre chemins. Il souhaite que j'utilise mes bonnes relations avec N'Gustro pour causer une entrevue impromptue entre lui et George Clémenceau Oufiri, ministre de la Justice, flic-chef, quoi, du Zimbabwin.

– Il voudra jamais, informé-je.

– Aussi, dit Laveuglant onctueux, n'envisagions-nous point qu'il soit mis au courant, mais simplement qu'il bénéficie d'un bienheureux hasard.

– La grosse surprise, je fais.

– C'est ça. Une surprise.

– Je ne peux pas faire une chose pareille.

– Attendez, dit le bon monsieur d'un air satisfait.

Il m'offre un cigare. Je n'ai aucune raison de refuser. On se carre dans nos baquets. Il a vraiment l'air très content.

– Je comprends bien, dit-il, qu'il vous serait difficile d'amener N'Gustro en un lieu donné. Le prétexte manquerait.

– Oh, dis-je finement. Les prétextes, c'est jamais ça qui manque.

Il faudrait qu'il comprenne qu'il y a là pour moi plutôt une question morale. En fait il continue sans sourire, mais la gueule avenante.

– Aussi nous sommes-nous préoccupés de vous fournir un motif plausible, valable, et j'ose dire séduisant. Pour vous comme pour notre ami.

– Une minute, une minute, je coupe. Vous pourriez me laisser ce soin.

Tout le monde a ses petites faiblesses. Moi, de

Laveuglant ni quiconque je n'admettais qu'on finasse à ma place. En fin de compte je suis plutôt bonnard qu'ils se soient chargés des petites ruses, ça prouve qu'on m'a pris pour un incapable, et donc mes réactions ultérieures ont pu les surprendre. Je suis prêt à parier que c'est au fait d'avoir été pris pour un con que je dois d'être encore en vie. Mais ils ne me prennent plus pour un con, à présent. La conclusion risque de s'imposer. Eh bien, je leur en sortirai encore de certaines petites astuces.

En tout cas là dans son burlingue, Laveuglant ignore mes paroles, il regarde son bout de Partagas, il poursuit d'une voix monocorde.

– On connaît votre projet de film sur la vie de Dieudonné N'Gustro, et l'on sait également certains obstacles qui y ont été mis.

Il a dit ça texto. Mes intuitions ne m'avaient pas trompé.

– Defeckmann? demandé-je.

Il approuve de la tête. Ça ne veut rien dire de certain. Ce bon M. Laveuglant est une sale petite menteuse, c'est son métier, entre autres.

– Il n'y aura plus d'obstacles, dit-il. Mieux, vous allez ouvrir votre propre maison de production de longs métrages.

Là, j'avoue qu'il me la coupa.

– Je finance, tranche-t-il. Bureaux aux Champs-Elysées. Compte à Genève. Et le liquide nécessaire à la création légale de la boîte. Comment voulez-vous qu'on l'appelle?

– Deux secondes, fais-je, le souffle un peu bref. Ça signifie quoi exactement, tout ça? Qu'est-ce que je dois faire en échange?

– Juste ce que nous avons dit.

C'est lui seul qui l'a dit, pas moi, mais je ne relève pas.

– Ça me paraît trop bien payé, dis-je. Il y a un os.

– Il n'y a pas d'os, dément-il. Il se trouve que toutes mes opérations sont un peu mêlées. Il se trouve qu'il ne me déplaît pas d'investir dans une maison de production de films. Il se trouve que le cinéma m'a toujours un peu tenté. Puis je compte vous réutiliser plus tard, la boîte marchant très normalement et très honnêtement, mais bénéficiant des appuis que j'ai, des appuis internationaux, Butron, vous voyez tout de suite où cela peut vous mener.

J'imagine. N'importe quel malheureux documentaire sur une chaîne de pompes à essence se fait avec un budget obèse. Je crois voir le coup de Laveuglant. Il pompe un maximum de fric, sans doute au maréchal Oufiri, sous prétexte d'arranger sainement le rendez-vous surprise; ensuite, il gardera la boîte, et le fric y fera des petits. Le bon M. Laveuglant ne s'oublie pas dans ses prières. C'est du moins ce que je crois discerner. En fait, c'était ma première réaction qui était la bonne. C'était trop bien payé parce qu'il y avait un os.

– Croyez-moi, dit Laveuglant.

Et moi qui le crois, quel con!

Il m'a eu avec l'Art, et avec la Vanité. D'un seul coup je n'ai plus vu qu'une idée : « Les Films Henri Butron », une plaque de cuivre sur ma porte, et une secrétaire comac, qui suce, seins veloutés, reins répondant. Puis mon nom sur le générique aussi. Les films Henri Butron. Noires et rouges seront mes forêts, c'est le titre que j'ai trouvé, scénario d'Henri Butron et Ben Debourmann, réalisation d'Henri Butron, je compte bien le tourner moi-même, si je suis mon propre producteur. Je le dis à Laveuglant.

– Je serai franc avec vous, me dit-il, il n'est pas sûr que le film se tourne.

– Pour moi, dis-je élégamment, c'est une condition sine qua non.

Il réfléchit.

– On perdra de l'argent.

Je lui explique que pas du tout. Je lui dis mes vues sur les possibilités commerciales d'un tel sujet. Je crois l'instruire, lui faire voir les choses, commencer de le convaincre, emporter enfin son adhésion.

La salope menteuse. Jeux de scène que tout ça.

Le bon M. Laveuglant ne l'emportera pas en paradis. Je l'accuse ici-même d'avoir assassiné Dieudonné N'Gustro, plus exactement je l'accuse de l'avoir fait enlever et assassiner par des tueurs à sa solde, et je l'accuse d'agir pour le compte du gouvernement Zimbabwite, dont il est une créature.

Le ministre de la Justice rit tant qu'il en pète. Sa bouche est ouverte comme un grand four. Ses dents limées luisent, et bien davantage encore ses prothèses d'or. Sa lourde langue violette se convulse dans sa tirelire. Sa glotte vibre.

Jumbo est plus retenu. Il est assis bien droit et secoue la tête avec un sourire de bonne compagnie. Sa main droite tapote sa cuisse.

Le Maréchal s'arrête avec effort de rire et éponge ses yeux ruisselant de larmes de joie. Il soupire plusieurs fois, très profondément, avec béatitude, la gorge encore houleuse de fous rires mal réprimés.

– Ça vaudrait presque le coup de laisser la bande en circulation, dit-il. Tu vois la tête de Laveuglant?

– Ouais.

– Après un coup pareil, il est scié, soupire le Maréchal hilare en s'épongeant derechef.

– C'est pas drôle.

– Si.

– Nous perdons un homme utile, insiste le colonel Jumbo.

– Les hommes utiles, pfft... fait Oufiri.

Il agite les mains. Ce n'est pas ça qui manque.

– Et puis il ne s'est pas tenu à sa place, ajoute-t-il. Veux-tu que je te dise? C'est un raciste, Laveuglant. Il travaille avec nous mais il nous méprise. Il pense comme les communistes. Il pense que nous sommes des fantoches. Il ne croit pas qu'on peut l'entourlouper gravement.

– Eh bien, à présent, dit Jumbo, il s'est fait entourlouper.

– Ouais, dit Oufiri.

Il le dit avec une satisfaction hargneuse, bien différente de son explosion d'hilarité de tout à l'heure. Puis son visage noir s'éclaire de nouveau.

– Ce Butron, quand même, fait-il. « J'accuse! J'accuse! » Emile Zola, youplala!

Le ministre de la Justice exécute quelques entrechats lourdauds. Il nage en plein bonheur.

– Quelle heure est-il?

– Cinq heures cinq.

George Clémenceau Oufiri reprend ses petits entrechats.

La suite est connue de la presse ou du moins le sera bientôt. Je suis las de parler de l'affaire N'Gustro. Je suis fatigué. Que la nuit est longue! Je parle depuis des siècles et nous n'en sommes qu'à la première heure de demain. En fait de plaisir nocturne, j'ai connu mieux, je pense aux longues virées quand j'étais collégien, je piquais des voitures, on allait droit dans la campagne, des fois avec une fille, des fois entre copains, c'était bien, c'était bon.

Ouste. Du jarret. Révélons, révélons! Je me verse une vodka poivrée dans un grand ballon et je suis à vous.

J'ai profité d'un passage de Doudou, la biznesswoman N'Gustronienne, pour la rencontrer dans la villa de l'Amiral. Je lui ai expliqué la chose, donné un exemplaire du scénario; cachant bien sûr soigneusement le rôle de Laveuglant et tout ça; il y a un mois, ces événements.

Les bandarloques, ils connaissaient mal mes sources de revenus, ainsi que ma situation exacte dans le cinéma. Ils n'ont donc pas eu l'occasion de se dire que ma situation de producteur, c'était du nouveau et peut-être du louche. Il s'est passé que quelques jours avant un colis de Genève, mon scénario proprement annoté, de la main de N'Gustro, avec une lettre sympathique, demandant qu'on gomme un peu sa personnalité à lui, si on persévérait, et qu'on exalte davantage le peuple; qu'on marque bien qu'il s'agissait d'une lutte de tout le peuple. Plein la bouche du peuple, du Peuple, il avait, N'Gustro, mais je sais hélas pourquoi : ça le rehaussait. Plus c'était le peuple qui se soulevait, plus peuple était ce peuple, plus il y avait de peuple, et plus N'Gustro, le leader, il en prenait de la dorure, d'être le leader d'un tel peuple, et pas d'un petit état-major. C'était à se demander, si ç'avait été vrai, comment il se faisait que ce peuple si N'Gustronien comme un seul homme ait point encore viré la poignée de fantoches du Palais, pour y propulser le leader en triomphe. J'ai commencé de rédiger une réponse gentille en ce sens, disant la chose avec beaucoup plus de fleurs, of course, en parlant de la nécessité d'expliquer la stagnation relative, oh, très relative, très très, des luttes du peuple; et donc de la nécessité de parler des contradictions au sein du peuple et de leur juste résolution, c'est Debourmann qui me souffla ces mots, il les avait lus dans Mao, ça pouvait pas masquer N'Gustro, il s'apprêtait à partir en Chine.

J'avais pas fini d'écrire que j'ai Laveuglant au bout du fil. Je fais mon rapport, faut appeler les choses par leur nom. Heureux que Ben était aux gogues, c'était déjà assez difficile de lui faire avaler mon généreux commanditaire investissant dans le cinéma, heureusement que les intellectuels finissent toujours par avaler les choses qui leur font bien plaisir.

Sur ce, Laveuglant s'énerve, qu'il faut voir N'Gustro sur-le-champ, avant qu'il s'en aille à Pékin. Je dis que c'est bien compliqué. Laveuglant m'apprend que le voyage en Chine est retardé d'une semaine, mais ajoute qu'il faut quand même voir N'Gustro avant le début de sa semaine supplémentaire.

Bon. Est-il besoin de vous faire un dessin? César Pandore, le big boss des babouins, s'amenant à Evian. N'Gustro retardant son voyage à Pékin, soit pour effectivement rencontrer Pandore, soit pour faire croire qu'il l'allait colloquer, et ainsi affoler l'aile droite du Palais, si j'ose m'exprimer ainsi. Et l'aile en question par le fait s'affolant, pressée de joindre le leader avant qu'il fît amitié avec le big boss.

Pourquoi elle était pressée, l'aile droite? Je me suis à peine posé la question. J'ai supposé, dans ma grande candeur, que les potes de Laveuglant voulaient causer bien gentiment à N'Gustro, pour se couvrir sur leur gauche si les portefeuilles commençaient le vol nuptial entre les ministères.

J'ai dit que ça me paraissait guère possible, mais j'ai quand même fait ce que Laveuglant demandait. J'ai supplié N'Gustro de se pointer à Paris, qu'on discute mon scénario. Debourmann s'étonnait de ma hâte. Je faisais valoir : Il va filer à Pékin, puis repartir en Amérique du Sud, il doit aussi aller à Addis-Abéba, on le rattrapera jamais plus ce train-là, il nous faut son imprimatur ferme.

Le rôle du hasard dans l'Histoire, vingt dieux la belle église! Je ne saurai jamais pourquoi N'Gustro accepta de venir, et vint.

– C'est simple, avait dit Laveuglant. Vous lui

donnez rendez-vous au bar du Claridge, vous voyez que c'est un terrain neutre, pas de coup fourré à craindre. Un émissaire viendra l'y trouver, et il acceptera l'entrevue ou bien il ne l'acceptera pas; cela ne changera de toute façon rien aux accords que nous avons conclus, vous et moi.

Son histoire de terrain neutre, qui se voulait rassurante, en fait m'a mis la puce à l'oreille.

Il m'avait trop engagé pour que je fasse machine arrière. Mais j'ai pris mes petites précautions.

J'ai fait transférer les fonds de la boîte « Les Films Henri Butron », d'un compte à Genève dans un autre compte à Genève, dont je fus seul à connaître le numéro.

Et puis la veille de l'arrivée de N'Gustro, j'ai passé la moitié de mon après-midi à tourner en auto dans le quartier des Champs-Elysées, passant et repassant devant le Claridge, jusqu'à ce qu'une place fût libre juste à côté du bateau, d'où l'on pouvait tout voir s'il arrivait quoi que ce soit. Con que j'ai tourné si longtemps : il est bien facile de s'y garer la nuit. On ne pense pas toujours aux choses les plus simples.

Je passe une mauvaise nuit. Cauchemars. Pressentiments. Je suis prêt à jurer qu'une partie de moi-même savait ce qui allait arriver. Une partie inconsciente de moi-même. Je crois beaucoup à l'inconscient, au Freudisme et à ce genre de choses.

Jour, ji, heurache! J'étais dans mon char avec mon Contarex.

Je l'ai vu s'amener, le camarade N'Gustro. Je l'ai vu qui s'amenait à pied, comme un grand, les dents bien blanches et derrière lui, le jouxtant, la môme

Ghyslaine, la mère Doudou, faut croire elles le suivaient partout.

Il descendait, s'apportant dans le sens Etoile-Nation, quand à quelques mètres du Claridge, deux gabardines l'ont colloqué. Deux mecs aux tronches insignifiantes, l'air fonctionnaire et des chapeaux, l'air bien poli, mains dans les poches. Causette, un exhibe un insigne, une carte ou foutre sait quoi, N'Gustro hochant, toujours poli, sourire un peu rétréci mais présent encore. Concertation du groupe, puis les deux morues d'un côté s'écartent, regardent N'Gustro qui s'en va avec les deux imperméables, ils grimpent en 403 toute noire, l'auto s'enfuit paisiblement.

D'un bout à l'autre de la scène, j'y suis allé de l'objectif, mitraillant comme un fou, kodak noir et blanc, un cent vingt-cinquième à f 8, toute la scène dans son déroulement, la tronche des mecs, la plaque de la bagnole, tout.

J'en veux vachement à Laveuglant mais je réprime ce sentiment pour l'empêcher de me dominer.

Les deux gonzesses sont entrées dans le Claridge; j'entends d'ici les instructions, qui sont de me retrouver moi, de m'instruire des faits, etc. Les faits, j'ai salement le désir d'en être instruit de leur face visible; j'ai bien vu l'idée générale, je veux connaître le détail, je range le Conta dans la tire et je fonce à l'intérieur du Claridge, file au bar. Doudou et Ghyslaine à peine installées à une des petites tables, le loufiat juste apportant scotch et Campari, j'y vais, démarche élastique, pas qu'on voie à rien, ni mon visage ni mon allure, que j'ai été témoin de quoi que ce soit.

- Ah, Butron! fait la mère Doudou qui n'a point l'air troublée pour deux ronds. Dieudonné s'excuse. Deux policiers l'ont emmené à la Préfecture pour faire une vérification.

C'est ça le coup de Laveuglant. J'encaisse. La simplicité en toutes choses, ce bon monsieur. Les flics à sa botte, la salope. J'hausse les épaules.

- Alors quoi, dis-je calmement, on attend ou on va ailleurs?
- On attend, si ça ne vous gêne pas, dit Doudou. Ces messieurs ont dit que c'était l'affaire d'une demi-heure.
- Je les connais, leurs demi-heures!

Déjà lui donner l'idée que ce sera un peu plus long, pas qu'elle s'inquiète. Je me pose dans un siège. La Ghyslaine, en face de moi, ne se mêle du tout à la converse. Elle bouffe son scotch et puis c'est tout, elle va bientôt en redemander, il doit y avoir que les plaisirs oraux qui l'intéressent dans la vie. Heureuse nature...

On attend. On attend trois heures. Doudou est de plus en plus nerveuse. Au bout d'encore un moment, je ne peux empêcher qu'elle aille téléphoner pour se renseigner, côté préfecture.

Heureusement que c'est le bordel, comme toutes les administrations. Elle revient, elle n'est pas fixée. Il faut qu'elle rappelle. Une demi-heure se gagne ainsi. Puis elle téléphone à nouveau. Là commence à s'imposer l'évidence, que la flicaille parisienne ne s'est nullement intéressée au Béhanzin de poche, qu'il n'est nulle part, et que les deux imperméables n'agissaient point comme policemen.

Côté Doudou, c'est la panique.

- Comprenez-vous, Butron? Comprenez-vous?

n'arrête-t-elle pas de répéter. Il n'est pas arrêté. Il a disparu. Il a tant d'ennemis, Butron; tant d'ennemis... J'ai peur, elle ajoute.

Cette petite-là est amoureuse de son patron, c'est visible.

La mère Ghyslaine, en revanche, elle s'en fait toujours pouic. Elle s'est fait amener des amuse-gueules, et je te picore. Je n'arrive vraiment pas à comprendre comment elle peut garder la ligne qu'elle a, avec les quantités qu'elle bouffe. C'est N'Gustro qui doit l'émacier. Pénétration par grand boutoir doit valoir séance de sauna. Je ne sais pas. Ça donne à penser.

Je me lève.

– Ecoutez, je fais. Ça ne peut pas être aussi grave. Moi, ce que je vous conseille, c'est de filer à la villa et d'attendre. Pendant ce temps, je m'occupe de tout.

Doudou n'est pas tellement d'accord, mais le jour tombe, entraînant la nuit dans sa chute, il faut bien qu'elle prenne un parti.

Psychologiquement parlant, je dirais volontiers qu'elle accepte parce que c'est un moyen pour elle de se convaincre elle-même qu'il n'est rien arrivé de réellement grave. L'absence de mesures drastiques prouve en quelque sorte l'innocuité de la situation. Je veux dire : si on ne s'affole pas, c'est que ça n'est pas affolant.

Bref, elle dit d'accord, elle part, elle ne dormira pas beaucoup cette nuit.

Elle emmène Ghyslaine avec elle. Je suis amer presque. La situation m'excite sexuellement, pour une raison qui m'échappe. Ce doit être que je commence d'avoir peur – la peur fait bander; en tous les cas je me voyais déjà à fourrer la petite vorace; elle doit sucer terriblement, la façon qu'elle absorbe tout; bon. C'est râpé. Je suis presque tenté de courir la putain. Quand les certitudes flageolent, on a besoin d'une femme, c'est connu.

Je me maîtrise, regardant s'éloigner le taxi.

Je fonce à mon appartement et téléphone à Laveuglant.

Il est calme et lénifiant, le pépère.

– Ils ont sans doute un peu de mal à se mettre d'accord. Il rentrera demain matin.

– Pourquoi il ne téléphone pas?

– Où ça? fait benoîtement Laveuglant.

Là, il m'a eu. Nous ne sommes plus au Claridge; les morues ne sont pas encore à la villa.

– Vous voyez bien, fait Laveuglant.

– Pardon, dis-je. Il n'y a pas que ça. Il y a la façon dont vous en avez usé avec moi.

– Le moment est mal choisi pour s'engueuler, dit Laveuglant. Rappelez demain.

Pif. Il raccroche. Je l'ai mauvaise.

J'arrête le magnétophone, je rembobine et j'écoute la bande. Je suis arrivé à bien choper la voix téléphonique. On entend distinctement ce bon M. Laveuglant. Ce qu'il dit n'est pas très probant, mais au moins, quand il répond à ce que je dis moi, il a l'air d'être bien au courant. Ça ne tiendrait pas devant un tribunal, mais les hebdos seraient intéressés plus qu'un peu. Je le tiens.

Je rappelle.

– Attention, je dis, vous avez intérêt à pas raccrocher.

Il écoute.

– J'ai l'enregistrement de nos conversations, dis-je. J'ai photographié l'enlèvement. J'ai d'autres choses encore. Vous êtes là?

– Oui, fait Laveuglant devenu bien laconique aussitôt.

– Débrouillez-vous pour que N'Gustro téléphone avant minuit à la villa.

Je lui donne le numéro.

– Où êtes-vous? demande Laveuglant de plus en plus concis.

C'est à ce moment que l'idée horrible me saisit. Le truc me serre la gorge. Je pantèle.

– Allô? Allô? fait Laveuglant. Calmez-vous!

Je raccroche.

J'ai tout compris.

J'embarque le Contarex, le magnéto. Je file. Laveuglant connaît mon appartement, et ma bagnole. Je file à pied.

Je ne crains pas d'avouer que j'ai eu peur.

J'ai marché dans Paris la nuit; c'est joli. Je ne savais pas quoi faire au juste; j'ai cherché instinctivement les lieux connus, les gens idem; bien que ce fût imprudent.

Je voulais voir Anne Gouin, je voulais voir Debourmann. Le Ciel sait pourquoi. J'ai fait les bars dans le huitième, et puis vers Saint-Germain-des-Prés.

A minuit et quart, d'une gargotte, j'ai appelé à la villa. J'ai eu Doudou, qui ne dormait pas. Elle demeurait sans nouvelles. J'ai raccroché très vite. Je crois que je l'ai inquiétée. Ça avait de moins en moins d'importance.

Je suis sorti de la cabine téléphonique avec de l'angoisse en plus. Je n'étais plus moi-même. Soudain j'ai ressenti un soulagement fantastique, comme quand vous apercevez un phare. Si vous êtes marin et emmerdé, veux-je dire.

J'ai vu nul autre qu'Eddy qui se pointait dans le débit, furieusement bronzé et bien sapé. J'ai plongé vers lui. Je n'ai pas pu lui expliquer tout ce qui était en cause, mais il voyait bien que j'étais dans l'ennui.

– Tu peux me loger? ai-je dit tâchant de faire bonne figure.

Il a dit oui. Le contraire de l'égoïsme, Eddy, on ne le répétera jamais assez. Je tiens à lui faire ici le maximum de publicité que je peux. Je ne suis pas égoïste non plus.

Il voyait que c'étaient des ennuis sérieux.

On s'est retrouvés vite fait chez lui, il a juste fait cette concession aux habitudes qu'il a de trimbaler un boudin avec soi, et il l'a mis au travail sitôt arrivé at home, qu'elle nous beurre des sandwichs et nous fende des cornichons, pour aller avec le jambon de Parme et ma tête de lard.

J'ai expliqué mes problèmes récents. Je buvais sec mais ce n'est pas grave : j'ai toujours assez bien tenu l'alcool. Eddy écoutait, le sourcil s'arrondissant, il s'intéressait.

De chez lui, j'ai essayé de joindre Debourmann une première fois, sans succès. Puis j'ai rappelé Doudou. Toujours pas de nouvelles de N'Gustro. On s'en allait sur les trois quatre heures du matin. Elle voulait joindre un avocat; je n'ai pas dit non. Ça commençait à me dépasser, ce niveau-là. Mais comme le faisait remarquer Eddy, sur un autre plan, les choses prenaient un aspect furieusement intéressant, lucrativement parlant.

J'ai encore appelé Debourmann, sans le trouver à

son hôtel, laissant cette fois le numéro d'Eddy pour qu'il me rappelle dès qu'il rentrerait.

Puis j'ai échangé encore deux ou trois considérations avec Eddy. On était bien d'accord sur l'analyse de la situation, à ceci près que je commençais à sentir que je jouais ma peau, ce qui n'était pas le cas d'Eddy.

J'ai appelé Rouen, Jacquie, je l'ai réveillée. Je lui ai promis un coup fumant, journalistiquement parlant, si elle se pointait sous la Porte-Saint-Martin, le lendemain vers onze heures trente (lendemain qui était le jour même, vu l'heure); elle voulait savoir davantage. J'ai coupé. Viendrait ou viendrait pas. Tout le truc serait même peut-être résolu gentiment, d'ici là, pensai-je. Ça valait tout de même le coup.

J'ai rappelé encore Laveuglant, il n'avait pas bougé de son bureau, à croire qu'il attendait mon appel. J'ai fait très vite. Tables d'écoute, repérage, on imagine ce que c'est. C'est lui, d'ailleurs, qui avait à me dire : Que nos engagements seraient respectés, que je ne m'affole pas, ne me presse pas de réagir, que c'était pas mon intérêt.

– Vous imaginez bien, dit-il, que je ne me suis pas lancé là-dedans sans être suffisamment appuyé.

– Oh, va foutre, ai-je dit, moi j'attends du concret.

J'ai raccroché, ça devenait trop dangereux.

Le moment que je raccrochais, ça sonne de nouveau, je décroche. C'était Debourmann un peu paf. Je lui ai dit comme à Jacquie, onze heures trente, la Porte-Saint-Martin. Allô? Allô? disait-il. J'ai coupé.

Nuit mauvaise; vous imaginez; Eddy m'a proposé qu'il me refile sa gonzesse, soudain ça ne me disait plus rien, j'ai éludé, tâché de dormir.

J'étais tout pâteux au matin, et réveillé dès neuf heures, ce qui n'est vraiment pas agréable; je n'osais bouger ni donner des coups de téléphone; Eddy dormait avec la fille, attendrissant. Je suis descendu boire un crème et acheter les journaux. On ne parlait de rien. J'ai appelé Doudou d'une cabine, pris que j'étais d'un doute; mais N'Gustro n'était pas rentré et n'avait pas téléphoné. La petite mère était folle d'inquiétude. J'ai dit que ça s'arrangerait.

Fin de matinée, j'étais de plus en plus fébrile, une certitude tragique s'imposait à mon cerveau.

J'ai envoyé Eddy au rendez-vous sous la Porte-Saint-Martin, lui ayant dépeint les deux zouaves, Ben et Jacquie, et afin qu'il me les amenât, en profitant pour vérifier qu'il n'y avait pas de guet-apens, spadassins, hambourgeois, nègres ou n'importe quoi de pas chrétien.

Il a dû leur faire une certaine impression, Eddy, sapé qu'il s'était pour le rôle, comme il adore faire dans la vie, c'est la limite s'il s'est pas foutu sur son œil un bandeau noir, en tout cas lunettes circulaires, redingote en velours écarlate, jabot et pattes d'éléphant; ils ont dû le prendre pour un fou; ils sont venus quand même, je les attendais plus loin sur le boulevard, en stationnement dans la bagnole d'Eddy. J'avais laissé la Matra derrière moi, en désertant ma garçonnière, j'osais guère aller la rechercher.

J'ai insisté pour que ça se présente comme une vraie déclaration de ma part. J'ai souligné que j'avais voulu pour ce faire un représentant de la presse française et un de la presse internationale, afin que le monde sût bien ce qui se tramait, le monde entier.

J'ai tout raconté, l'enlèvement et tout. J'ai peut-être arrangé deux trois trucs, je l'avoue franchement, nécessité de pas trop me découvrir, de pas non plus donner mauvaise opinion de moi, sans quoi ma parole n'aurait été que trop facilement mise en doute par les lecteurs; nécessité aussi de laisser une porte de sortie à Laveuglant, dont je n'ai pas mentionné le nom.

Ce que je voulais obtenir, c'est d'être couvert. Je jure devant Dieu que ce n'est pas moi qui ai voulu faire des histoires à quiconque, et si j'en fais en fin de compte, c'est qu'autrui l'aura bien cherché. Je jure aussi que mon but, en voulant me couvrir, a toujours été d'obtenir, si faire se pouvait, la restitution, en bon état, de Dieudonné N'Gustro.

Bref, j'ai montré aux deux zigues les photos prises par moi de l'enlèvement, du moins les négatifs. Je les avais développés dans la matinée, parce qu'Eddy a forcément son petit labo, il faut quelquefois des arguments pour conserver le soutien des commanditaires, avec les filles qu'il leur fourre dans les cuisses, c'est bien rare que son album de famille est pas des plus fascinants.

Bref je montre les photos, mais je les garde. Je montre aussi la bande magnétique où j'ai enregistré ma conversation avec Laveuglant, et dans l'enregistrement, ce coup-ci il y a distinctement son nom, c'est pourquoi je n'aime mieux pas qu'il soit écouté tant qu'il n'y a pas de raison d'envenimer les choses à plaisir; aussi ai-je scellé la bande avec un bout de cire frappé d'un petit coup de ma chevalière, et j'instruis Debourmann, à qui je la confie, la bande, qu'il ne l'écoute pas ni ne l'utilise sans que je lui donne un signal, ou alors s'il m'arrivait quelque chose de définitif.

– C'est donc si grave que ça? demande Jacquie.

Je lis dans son regard qu'elle est impressionnée, qu'elle revit en pensée nos étreintes, et qu'elle se rend compte que somme toute je l'ai marquée; mais ça, bien qu'émouvant dans l'abstrait, c'est tant pis pour elle.

Debourmann et elle, je les fais calter.

Comme je les regarde s'éloigner, excités et causant entre eux, je ressens un regain de confiance. Laveuglant, je le tiens tout de bon. Je fais comme s'il le savait aussi bien que moi et je me décide à récupérer ma bagnole, parce que je ne peux pas passer mon temps à exiger d'Eddy qu'il me serve de taxi.

Il m'emmène donc en bas de chez moi. On passe à petite vitesse, en matant bien, on ne voit rien, on refait deux fois le tour pour être assurés, on ne voit toujours rien, je descends, saluant Eddy de la main, et tout de même pas trop ferme, je l'avoue, avec une sorte d'intuition que je suis en train de faire une dangereuse conceté, je me hâte de démarrer la chignole pour filer loin de ces parages.

Sitôt le contact mis, tout pète. Le bloc moteur gicle sur la chaussée, l'engin se gondole, dégringole, je me rappelle avoir beuglé, c'était pourtant du mauvais boulot, la preuve est que je suis vivant, je me propulse hors des débris, complètement affolé, une moche lourdeur dans l'estomac, dont je vois qu'il est plein de sang. J'en ai qui me coule d'autres endroits, j'ai des bouts de tôle ou de verre qui se sont plantés, ma mèche et mes sourcils brûlés, je me mets à courir comme un fou, au grand effroi des mémères.

Dans le même temps, voilà pas qu'un Nègre en imper sort d'un débit et tire un flingue, et me fait feu dessus, à trente mètres, comme à la foire, pas ému aucunement.

Le mec Eddy m'a sauvé la vie dans ce moment. Son MG est arrivée ventre à terre et par-derrière, avec un grondement sauvage. Il avait entendu le bruit, de l'autre côté du bloc, et se ramenait en virant autour du pâté de maisons.

Un vrai western. Eddy trimbale un Colt dans sa chiotte, une vraie pièce de collection avec des capsules pour bouter le feu à la poudre et mille autres complexités archaïques. L'avantage de cette arme est son bruit invraisemblable. Il a tiré sur le singe à travers son déflecteur, comme une bête, et bien entendu l'a raté, ces vieux machins sont moins précis qu'une pompe à merde, mais ça a fait un tel boucan, le déflecteur éclatant, le bruit propre de l'obusier, et la vitrine d'un fruits et primeurs qui dégringole comme un piano préparé, du coup le Nègre, c'est son tour de croire à un guet-apens, il se carapate comme un fou vers le musée de l'Homme, et moi je saute dans l'MG en voltige, et nous filons, médusés, cependant que la Matra crame que c'en est navrant.

Deux fois navrant, si l'on songe que j'ai laissé les négatifs dedans...

Bon. Inutile de pleurer sur le lait renversé. Il me restait de quoi faire un sale foin, négatifs ou pas. Les photos désignaient des comparses, mais quant à l'enlèvement lui-même, il y a trois témoins, Doudou, Ghyslaine et moi, et puis l'enregistrement de la conversation avec Laveuglant.

J'ai pensé que ça y était, c'est la guerre. On a filé chez Eddy, le temps de me panser un peu. J'étais couvert d'égratignures, plus une vraie blessure à l'estomac. Eddy m'a bandé. J'ai appelé Laveuglant. Je lui ai dit son fait. Il bégayait de terreur. Il m'a supplié de me taire encore un peu, la tante. C'est pas moi qui vous ai fait ça, gémissait-il, ce sont les autres. J'ai demandé quels autres, avec un amer plaisir de l'entendre s'embrouiller, incapable de donner une réponse cohérente. Ce qui ressortait de plus clair, c'était son extrême désir de savoir où je me trouvais, soi-disant pour me protéger. J'ai ri dans sa sale gueule et j'ai raccroché.

C'était ce midi.

Eddy m'a mené ici, à Rouen. Puis il est reparti. Il me conseillait un médecin. Il voulait me laisser son flingue. J'aurais peut-être dû l'accepter, mais j'en avais marre de faire appel aux autres. C'est moi, pas eux, qu'on essaie de détruire. C'est moi qui riposte, c'est justice. Assis dans le noir, je suis content.

— Il est content, dit, en écho, le maréchal Oufiri.

Le ministre semble empli d'aise, bien que pas, comme tantôt, submergé d'hilarité.

Il s'était assis, il se lève en soupirant. La bande magnétique est presque terminée. Oufiri a l'allure d'un invité qui va bientôt s'en aller, parce que la fête tire à sa fin; ou bien du spectateur de cinéma qui se lève, alors que se déroule encore, sur l'écran, le baiser de la happy-end, tandis que la musique s'est enflée, et le projectionniste au maigre salaire, impatient d'en avoir fini, commande à distance la fermeture des rideaux; de sorte que l'image du baiser final se gondole et se colore sur les rideaux; et que le générique de fin, s'il y en a un, est illisible à cause des plis.

Oufiri défroisse son pantalon, en pince fugitivement un genou, sur le pli, éludant la poche qui s'y formait. Il a gardé ce genre de gestes depuis qu'il fut pauvre en France. Il est soigneux de ses affaires et de sa personne. Introduisant sa senestre derrière sa ceinture, il se reclasse confortablement les organes.

Jumbo s'est au contraire presque de tout son long étendu dans son fauteuil club. La fatigue commence chez le policier à faire son œuvre. La nuit blanche a fourbu le Nègre.

Le maréchal écoute la fin de la bande debout, puis passe sa paume sur sa joue.

– Il nous faut nous raser avant le départ, indique-t-il. Il faut être propre et présentable en toutes circonstances.

– Allons-y, opine Jumbo en pliant ses longues jambes.

Les deux Noirs quittent le bureau, passent devant l'équipe de protection ensommeillée et accèdent, au fond du hall, dans une vaste salle de bains. Là, ils se mettent torse nu et font de sommaires ablutions; puis ils se rasent chacun avec un des nombreux petits rasoirs qui traînent sur une étagère de verre, au-dessus du lavabo; puis le maréchal change le col de sa chemise à système, tandis que le colonel doit se contenter d'examiner soigneusement les poignets et le col de la sienne, et se satisfaire de n'y découvrir que peu de crasse, et surtout à l'intérieur, où elle est invisible.

Les deux hauts fonctionnaires se couvrent le museau d'aftershave épicé et viril, puis, rhabillés, rejoignent le bureau. Oufiri en ouvre le tiroir, d'où il retire une grande baïonnette. Le colonel détourne les yeux et le maréchal sourit.

Tout cela se passait vers la fin des années soixante. Butron parlait, la végétation poussait, les véhicules individuels roulaient sur les routes et dans les rues, des petits Chinois naissaient comme s'il en pleuvait, plop, plop, sans arrêt; ELLE, l'hebdomadaire de la femme, pris d'un véritable délire de renversement du réel, imprimait « En 68, à quoi ressemblerons-nous? A nous-mêmes, en plus jeune »; les gendarmes de Fontainebleau mettaient hors d'état de nuire une vingtaine d'enfants d'âge scolaire qui organisaient entre eux des concours de vol à l'étalage. « Les hippies sont un cancer social », déclara aux journalistes le psychiatre de la police de Buenos Aires; « La police est la hache qui l'extirpera », ajouta-t-il. Butron perdait du sang, mais peu. Les colonels fascistes qui gouvernent la Grèce venaient d'avoir l'idée de vendre leur coup d'état aux touristes et, pour ce faire, un nouveau tampon publicitaire était utilisé, VISITER LA GRÈCE POUR SAVOIR LA VÉRITÉ. Des automobilistes se battaient pour une place de stationnement. Laveuglant, affolé, tentait désespérément de joindre Oufiri au téléphone pour le supplier de relâcher N'Gustro. Ne parvenant pas à joindre le maréchal, Laveuglant forma plusieurs autres numéros. Ses amis dans la police étaient nombreux. Il les exhorta à retrouver Butron. Enfin, ce fut Jumbo qu'il eut au bout du fil. (Le colonel n'avait pas, dans cet instant, rejoint encore la villa où Oufiri l'attend.) « Je vous adjure de ne plus chercher à supprimer Butron », bêla Laveuglant. Jumbo ricana à l'autre bout du fil. La police descendait dans les garnis en quête de Butron. « J'irai en prison content et en chantant », déclara Mgr Jorge Marcos de Oliveira, évêque de Santo-Andre, devant les caméras de la télévision de São Paulo. « Je n'ai pas l'intention de convertir aucun communiste (sic), car j'ai rencontré un grand esprit chrétien et beaucoup de sérieux et de sincérité chez les communistes persécutés. » Deux inspecteurs des renseignements généraux se présentèrent chez Anne Gouin, dans la chambre de bonne qu'elle occupait boulevard Saint-Germain, l'appelèrent « ma petite demoiselle », sur ce ton qu'elles ont, les bourriques, et repartirent, voyant qu'Henri Butron n'était pas là, en conseillant à Anne de leur téléphoner s'il venait. Dans le même moment, la MG rouge d'Eddy Alfonsino était sortie depuis un bout de temps du tunnel de l'autoroute de l'Ouest où un barrage se mettait en place. Elle filait vers Rouen. Butron soulevait sans cesse son pansement pour essayer de voir ses blessures. Eddy le morigénait. L'auto allait de plus en plus vite. Elle laissa Mantes-la-Jolie, sur sa droite. Laveuglant se rongeait les ongles, fou d'inquiétude dans son bureau. Soudain, bousculant l'anxieuse secrétaire aux volumineux roberts, Defeckmann se fraya un chemin jusque dans l'intimité du burlingue. « Je vous conseille de vous résigner et de cesser de faire des vagues », dit-il à Laveuglant abasourdi. « Cette affaire désormais vous échappe. » Laveuglant le prit de haut. « Qu'est-ce que ça signifie ? » dit-il en substance, « De quel droit, à quel titre cette intervention inqualifiable ? »

Defeckmann s'était assis dans un siège baquet, sans attendre d'en être prié. Il portait des lunettes à monture de corne et ressemblait à un de ces étudiants en langues orientales qui se métamorphosent à force d'étudier le chinois, portent des robes, fument l'opium et ne quittent plus leur chambre où ils méditent des dizaines d'années.

– « Je ne suis qu'un journaliste », dit-il d'un air veule. « Mais je suis un journaliste occidental. Le mot occidental fait toute la différence. »

– « Vous allez me foutre le camp », dit Laveuglant.

Dans l'état où il était, on aurait pu s'attendre à ce qu'il frappe sur la gueule au journaliste. L'autre le stoppa par une anecdote sibylline.

– « Vous connaissez celle du fou qui repeint son plafond ? Un autre fou passe et lui dit : Tiens-toi au pinceau, j'enlève l'échelle. »

Laveuglant se rassit.

– « Je n'y comprends plus rien », dit-il, mais sa voix était plus contrôlée.

– « Je suis mieux placé que quiconque pour savoir ce qui est en jeu », déclara Defeckmann en acceptant un scotch. « Laissez-moi juger de la marche à suivre. Passez la main. Vous ne savez rien. Plus rien. Butron aura ce qu'il mérite. Je puis le garantir. »

– « Vous pouvez réellement? »

L'Américain hocha la tête. Laveuglant suait ignoblement.

– « Butron se retournerait contre moi », dit-il. « Je ne peux pas le laisser tomber. »

Et de parler des photos prises par Butron, et des enregistrements. Defeckmann affecta de rire et laissa tomber sur la moquette gris clair la cendre de ses cigarettes.

– « Il ne s'agit pas de le coincer seulement », dit Laveuglant. « Il a bien précisé : même s'il est mort, on trouvera la chose dans les journaux. »

– « Dans les journaux, hein? » fit Defeckmann en rigolant. « Je vois. Je peux passer un coup de fil? »

Laveuglant n'était plus en état de répondre. L'autre appela le colonel Jumbo. Ils se tutoyèrent. Laveuglant noyait sa nervosité dans de la Suze. Son buste se ramollissait.

Eddy Alfonsino quittait Rouen pour regagner Paris, au volant de sa MG rouge, réfléchissant vaguement aux emmerdements de son copain, et, vaguement aussi, à ses propres affaires. Ben Debourmann, dans sa chambre d'hôtel, dont l'adresse était connue de Defeckmann, se cuitait sur son lit au Rosé de Provence, cependant que Jacquie Gouin, à côté de lui, attendait froide et pâlissante, la main sur le combiné téléphonique. Elle était à son affaire, et persuadée d'être belle au second degré.

Butron, mécontent de son apparence physique qui avait souffert dans l'explosion de la voiture piégée, jeta sa chemise pleine de sang, en enfila une autre, en crêpe rose, puis une veste d'intérieur à brandebourgs, inclina sur sa tête un petit bada blanc, puis se mit, satisfait, à son bureau pour tout raconter à son petit magnétophone.

Cependant, dans la chambre d'hôtel de Debourmann, deux hommes de main du colonel Jumbo viennent de faire irruption, l'un Blanc, l'autre Noir. Ce dernier enferme la femme dans la salle de bains, mais elle crie et tambourine sur la porte, aussi rouvre-t-il, gifle-t-il et menace-t-il de violenter la femme si elle ne leur fout pas un peu la paix. La Blanche se tait malgré le désir qu'elle a d'être violentée. Derechef, le Nègre referme la porte. Il rejoint son compagnon qui tient Debourmann en respect à l'aide d'un automatique Astra muni d'un silencieux. Alors, ils se jettent sur le stupide libéral et ils lui cassent la gueule, et ils cognent avec des coups de poing américains, dans les muscles, le plexus. Debourmann est étendu sur le tapis, torturé par d'horribles douleurs. Il n'a plus le contrôle de ses fonctions naturelles. Il se roule dans son caca. Alors, les deux hommes de main, sans plus se préoccuper du libéral, mettent les lieux à sac. Ils ne sont pas longs à trouver la bande magnétique sottement cachée par le sot libéral. Cependant, ils continuent à foutre la vérole dans le chantier, découpant toutes les pièces de tissu en lanières après avoir décousu les fauteuils, les matelas et le reste. Et ils foutent les plinthes en l'air, et les baguettes électriques, et le diable et son train. Quand tout est catastrophé, alors seulement ils s'estiment heureux et sont prêts à partir, lorsque Debourmann, ce con, dit au Nègre des deux :

– Vous n'avez pas honte? Vous trahissez vos frères de couleur!

Aussitôt le Nègre, calme, revient s'approcher de la loque humaine qui se tord sur le tapis souillé en sanglotant de rage. Et le Nègre tire des bananes de ses poches et, sans brutalité, les lui écrase sur la gueule, à l'intellectuel. Puis les hommes de main mettent les bouts.

Les mains de Laveuglant commençaient à saigner. Il s'était trop rongé les ongles. Il congédia sa secrétaire lasse. Il faisait nuit sur la capitale pleine de gaz d'échappement. Le téléphone sonna. Laveuglant alla décrocher en titubant, car il était plein comme une vache.

– « Ah bon? » dit-il, « Ah merde. »

Et il raccrocha aussitôt et fit un numéro en s'y reprenant à trois fois, eut au bout du fil Defeckmann et lui tint à peu près ce langage.

– « Mes amis dans la police viennent de me prévenir. Du fait que les collaborateurs de N'Gustro remuent ciel et terre et que des fragments de vérité se sont vaguement profilés dans la tête de certains fonctionnaires, on ne peut plus écraser le coup davantage. On ne peut éviter qu'un mandat d'arrêt soit lancé contre Butron. Demain matin, il le sera. La police se rendra aux deux logements de Butron. Certainement, il n'est pas à Paris, mais à Rouen, je me demande. »

Il tremblait en parlant.

– « A propos », fit Defeckmann d'une voix ennuyée, « rien ne paraîtra dans la presse de ce que vous craigniez. Ces photos, ces enregistrements dont vous me parliez, ils n'ont jamais existé, jamais. »

– « Je suis bien heureux de l'apprendre », dit Laveuglant, « mais il reste Butron lui-même. »

– « A propos », dit de nouveau Defeckmann, « dans le cas où Butron serait à Rouen, en admettant que j'aille là-bas, connaissez-vous un policier sympathique qui pourrait faciliter mon travail de journaliste? Quelqu'un que vous pourriez me recommander, et auprès de qui je pourrais me recommander de vous? »

– « Goémond », dit Laveuglant.

Peu après, les tueurs du colonel Jumbo s'engagèrent à toute vitesse sur l'autoroute de l'ouest.

Cependant, Butron parlait encore.

Que la nuit est longue. J'en ai soupé de proliférer des anecdotes. J'ai tout dit même si c'est à ma façon. Pour être franc, je m'en fous bien, que le mec N'Gustro ait crevé ou point, Butron Henri seul m'intéresse, qui refuse une fois pour toutes de se laisser davantage enculer. Vous m'arrangerez ma belle confession comme vous voudrez. Confession c'est vite dit, j'ai rien à me reprocher qu'une trop grande propension à rendre service aux gens; ils croient tout de suite que vous êtes tout à eux, pour un seul jour où vous les avez abstergés par bonté pure et par ennui. Dorénavant, il faudra que ça paye. J'ai trop payé depuis le départ. Puisque le Far West c'est fini – je pense à Paul Newman dans Le Gaucher, quand il comprend les choses, Dieu sait que ça ne craint pas, quand il retourne complètement cette citation de la bible protestante, qui ne craint pas non plus quand elle est bien proférée, when I was a child, I saw as a child, I spoke as a child, quand j'étais enfant, je voyais en enfant, je parlais en enfant, c'est à peu près ça et ainsi de suite, et Newman dit qu'il voit clair à présent, j'ai encore sa voix dans les oreilles, dorénavant, I go where I want, I do what I want, je fais ce que je veux, et il le fait comme il le dit : il a défait, je crois, le fichu dont la femme bien bandante de son hôte se recouvrait la tête, et il l'a prise, la femme, comme avec un licou, et il la bascule, c'est chouette. Oui alors puisque le Far West c'est fini, il faut m'y prendre autrement, il faut que ça paie. Le bordel industriel avancé regorge. Il faut vous décider à m'en donner un peu, parce que si vous continuez à nous en promettre sans nous en donner, à susciter toute cette abondance de misérables désirs, il vous viendra de plus en plus de pauvres, ô mon bordel natal, et des moins arrangeants que moi. Voilà pourquoi vous crèverez tous. Ici se termine la bande magnétique enregistrée par Henri Butron.

A ces mots, Butron a rembobiné. Il a eu l'intention de s'écouter lui-même. Les deux tueurs sont entrés. Ils ont tué Butron et pris la bande magnétique. Ils ont donné un coup de téléphone pour annoncer que Butron venait de se suicider. A la suite de leur appel n'a pas tardé à apparaître le commissaire Goémond. Ils se sont serré la main. Puis les deux tueurs sont partis dans leur Ford Mustang et ont porté la bobine à Oufiri. Oufiri a écouté la bobine. Il s'est préparé à partir. Il a pris une baïonnette dans un tiroir. Il a descendu l'escalier de la cave. Dans la cave, il a trouvé Dieudonné N'Gustro où il l'avait laissé, pendu par les pieds au milieu du local.

Dans cet instant, le pauvre Debourmann dictait à Jacquie Gouin un texte imbécile où il était question de forces obscures et impérialistes. Ce n'était pas en cela qu'il était imbécile. Il était imbécile en ce qu'il faisait appel à la conscience universelle. Parallèlement, le journaliste libéral continuait de se bourrer au Rosé de Provence la gueule qu'il avait pleine de sparadrap.

Et alors Oufiri a foutu dans les sept huit coups de

baïonnette à travers N'Gustro pendu par les pieds et qui se balançait au rythme des coups. Le sang a giclé, mais le maréchal a garé à temps ses écrase-merde, et l'argile épaisse a bu la rouge écorce. Oufiri a appelé Jumbo et ses hommes de main. Ils ont sorti le corps de la cave et on l'a enterré dans un champ, et, sur la fosse, on a bien pris soin de replanter les betteraves.

FIN

## DU MÊME AUTEUR

*Aux Éditions Gallimard*

*Dans la collection Carré Noir*

NADA, n° 152.
TROIS HOMMES À ABATTRE (Le petit bleu de la côte ouest), n° 368
LAISSEZ BRONZER LES CADAVRES (en collaboration avec J.-P. Bastid), n° 429
QUE D'OS!, n° 497
LA POSITION DU TIREUR COUCHÉ, n° 562

*Dans la collection Folio*

FATALE, n° 1502
Ô DINGOS, Ô CHÂTEAUX! (Folle à tuer), n° 1815
MORGUE PLEINE, n° 1933

*Impression Brodard et Taupin
à La Flèche (Sarthe)
le 24 avril 1990.
Dépôt légal : avril 1990.
1er dépôt légal dans la collection : juin 1987.
Numéro d'imprimeur : 6178C-5.*
ISBN 2-07-037854-3/Imprimé en France.

49266